U0136590

2011 不求人文化

2009 懶鬼子英日語

I'm 我識出版集團
I'm Publishing Group
www.17buy.com.tw

2006 意識文化

2005 易富文化

2004 我識地球村

2001 我識出版社

2011 不求人文化

2009 懶鬼子英日語

www.17buy.com.tw

2006 意識文化

2005 易富文化

2004 我識地球村

2001 我識出版社

用英文動詞
和外國人聊不完

用5個關鍵搞定動詞＋會話！

關鍵 ①

全圖解學習

看圖就學得會！雖然廣告說「想像力是你的超能力」，但是學習英文動詞還得靠實體圖像的幫助。圖示化動詞幫助記憶，連抽象觀念都能夠輕鬆理解。

MP3 動詞 Unit 01-07

07

get ＋賞、罰　接受獎賞、處罰、評分

get 後面加上賞、罰或評分時，代表「受到獎勵、懲罰、評分」的意思，如中樂透的 win the lottery「中獎」等，也可以使用。

核心表現
- **get a fine**
  被罰款
- **get a raise**
  被加薪
- **get 800 points** in TOEIC
  多益考到八百分

- **get a parking ticket**
  被開違規停車罰單
- **get the scholarship**
  領獎學金
- **get a good score (grade)** on the test
  考試得到不錯的成績（分數）

核心例句
I didn't expect to **get this prize**.
沒想到我會得這個獎。

He **got a good grade** on the English test.
他在這次的英文考試中獲得不錯的成績。

pay for the clothes
付買衣服的錢

關鍵 ②

介系詞重點整理

想要像外國人一樣說出漂亮的英文句子，就要學會動詞搭配介系詞的組合。本書整理出最正確的介系詞用法，再搭配基本動詞，就能完美地掌握會話方向。

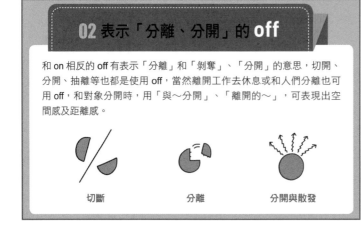

02 表示「分離、分開」的 off

和 on 相反的 off 有表示「分離」和「剝奪」、「分開」的意思，切開、分開、抽離等也都是使用 off，當然離開工作去休息或和人們分離也可用 off，和對象分開時，用「與～分開」、「離開的～」，可表現出空間感及距離感。

切斷　　　　　分離　　　　分開與散發

get along
處得好

關鍵 **3** 精選常用句

有範例，才會學得比較快，吸收外國人最常使用的短句、例句，延伸溝通的深度。書中精心挑選了許多短句、例句，這些會話句以生活、商業領域為主，不僅一般聊天好用，對考試檢定也有所幫助。

核心表現		
· **take a bus** 坐公車	· **take a taxi** 坐計程車	· **take a subway** 坐地鐵
· **take a plane** 坐飛機	· **take an elevator** 坐電梯	· **take an escalator** 搭手扶梯

關鍵 **4** 隨堂小測驗

每單元都附有隨堂練習，大家可以自我檢測學習的成果，輕鬆掌握進度。透過零負擔的小測驗，逐步地加深記憶，也有效率地增強自己的英文實力。

You have to **take responsibility for** your actions.
你必須要對你的行為負責。
If you are busy, don't **take the trouble to** come here.
如果你很忙，那就不需要麻煩過來一趟。
You are great. **Take pride in** yourself.
你很棒，應該要為自己感到驕傲。

●自我檢測！ 動動腦，看圖連連看，找出適合的搭配用法！

· take her out

· take up

[Answers]　take her out　take up
　　　　　　把她帶出去　往上拿取

關鍵 **5** MP3 邊聽邊學

全書英文短句、例句完整收錄，熟悉外國人口音，讓聽力更上一層樓。根據研究顯示，為自己打造一個全英的環境，會學得比較快喔！聽聽外國人怎麼說，讓學習更有效果。

★本書附贈 CD 片內容為 MP3 格式★

MP3 動詞 Unit 01-15

➤➤ MP3 動詞 Unit 01-15

15

get + 人 + to 不定詞　讓～做～

get 有「讓～」的意思，所以 get 後面加上人和 to 不定詞時，則有「讓某人做某事」的意思。

核心表現	· **get him to clean** the room 要他打掃房間	· **get her to wash** the dishes 要她洗碗
	· **get her to make** coffee 讓她泡咖啡	· **get him to paint** the house 要他幫房子漆油漆

核心例句　Why don't you **get him to clean the room**?
你為何不讓他打掃房間？

I will **get him to paint the house**.
我會讓他幫房子漆油漆的。

　　現在世界共通的語言是英文，為了跟世界接軌，許多人透過各種方式學習英文。有些人從小就去上英文補習班，毫無章法地背單字、學文法，甚至長大後會參加海外留學、遊學計畫來提升英文能力。但是對於很多人來說，這樣的學習方式並不能讓英文能力提升；雖然幼稚園就接觸了英文，到了大學卻沒有真正使英文進步。

　　其實用這種方式學英文，並不會有太大的進展，當碰到需要以英文溝通的情況時，才會知道自己並沒有真正學會英文。會發生上述狀況，都是因為教育系統並沒有打好學習語言的基礎，導致學生沒有效率地學英文，不僅痛苦，也容易讓學習者失去了信心。

　　所以，若要改善學習困境，我們應該要重視的是：基本的英文文法、字彙和作文。所謂「基本的」英文概念，可以動詞來舉例。動詞是英文學習中極為重要的一環，相信許多人在學英文時，常會聽到老師說：動詞是英文句子裡的心臟。由這句話便可以理解動詞的重要性，動詞可以決定句型、決定一個句子的生命。但實際上，我們卻忽略了動詞的有效學習，才會導致許多人很難聽懂外國人在說什麼。

　　因為這樣的狀況屢屢發生，所以我希望可以幫助學生們的英文實力能在短時間內進步，在會話溝通上可以正確無誤地表達。也就形成了我寫這本書的動機，希望透過解說動詞，來讓學生們可以聽懂外國人的談話內容。

　　想要在短時間內提升英文實力，我選擇以基本動詞為內容來編製教材，因為外國人的會話主要是以基本動詞組成，除非要參加正式的演講比賽，否則在英文學習第一階段中所學到的簡單動詞，就可以順暢地說英文了。書中以口語為主的文法以及多樣化的例句或短語，讀者可以直接運用在生活中。另外，本書也涵蓋了許多商業領域的內容，對想在新多益上考出亮眼成績的讀者們，是絕佳的基本學習教材。

　　想要有效率地學好英文，就必須先從根基開始，唯有將基礎打穩，才能在後續的進階學習裡較不費力。所以，學習英文就得先熟悉外國人常用的基本動詞，理解這些動詞的核心觀念，再加上善用有效率的讀書方法，如此一來，就可以取得進步，也可以省下時間。希望這本書能幫助每一位想省下時間和金錢的讀者學好英文。

朴鍾遠

2017.03

也許很多人在學習英文的過程中，常常聽到老師說「動詞」很重要，卻也會問──英文動詞到底哪裡重要？

對於母語是英文的外國人來說，動詞是英文句子的心臟、是溝通時的靈魂。所以用對動詞，就能讓句子有生命力！

從小開始學英文，老師總是說一個英文句子絕對不能沒有動詞，因為動詞是組成句子的重要成分，就像人不能沒有心臟一樣，沒有動詞，英文句子便不會是完整的。而且，一句英文句子的主詞可以省略，動詞卻是萬萬不能省略的！所以我們就可以知道動詞的重要性，也可以了解動詞是學習英文的基礎。

學習動詞不是件簡單的事，因為動詞是動作的表現，在使用上，同一個動詞常常會有不同的意思，不能像背名詞時，一一對應來背。更何況，動詞時常會搭配介系詞來使用，搭配不同的介系詞後，又會變化出許多不一樣的意思。

舉例來說，get 的原意是「得到、獲得」。如果想要表達「買東西」，也可以用「get + 物品」的形式來表現。學英文時，常會看到動詞搭配介系詞，搭配不同的介系詞，動詞則會有不同的意思。例如：「get in（進入～）」、「get out（從～出來）」、「get away（離開、脫離）」，以上的例子皆可以看出動詞在實際使用上有不同的用法。因此，在說話時，必須先釐清每個動詞的句型和搭配用法，如此一來，就能比較容易說出正確的英語了。

因此，這本書的作者花費許多心力，運用自己教學多年的經驗，構思著作了這本書。書籍的內容不僅包含動詞的用法，也介紹了學英文最讓人頭痛的「介系詞」。透過有趣的圖解方式，讓學習不無聊，又容易記住。每個動詞不同的意思搭配一張張插圖，讀者可以一邊背動詞用法，一邊搭配插圖記憶，這樣一來，就可以順利地記得每一種用法，穩紮穩打學英文的基礎，提升自己的英文實力。

最後，希望這本《用英文動詞和外國人聊不完》能夠幫助所有想要打好英文基礎、和外國人可以簡單對話的讀者，輕鬆有趣又順利地學好英文，也祝福各位可以找到學習英文的熱忱喔！

懶鬼子編輯群

2017.03

看完《用英文動詞和外國人聊不完》，
學會外國人天天都在用的英文！

試閱好評 1

從考完學測、念了大學，就再也沒有碰英文；直到升上大三，驚覺該好好複習英文，要為未來求職做準備。接到出版社邀請，閱讀了《用英文動詞和外國人聊不完》，發現書中內容生動有趣，儘管一段時間沒有唸英文，搭配插圖和詳細解說，在短時間內就能記住英文，真的是太好用了！

—— 大三生／**楊若慈**

試閱好評 2

一直想到國外增進閱歷，但礙於自身英文能力不好，到國外旅行的夢一直沒有實現。剛好有機會試閱了《用英文動詞和外國人聊不完》，書中都是用簡單動詞加上介系詞組成的短句，好讀又好記，相信讀完這本書後，英文能力一定有所進步！

—— 科技業／**黃清安**

試閱好評 3

孩子剛上幼稚園，每天回家都與我分享學校裡教了什麼；陪著他寫功課時，碰到英文問題，我總是有點心虛地回答他。還好，在試閱《用英文動詞和外國人聊不完》後，重新學習了動詞的觀念，也能自信回答孩子的疑問。我跟孩子約定好要一起去紐西蘭度假囉，帶上這本書，相信一定會有個美好的假期！

—— 全職媽媽／**葉宣芳**

Warm up!
成為英語達人的捷徑，介系詞！

Magic!
開始見證英文動詞的奇蹟！

Warm Up!
成為英語達人的捷徑，
介系詞！

介系詞可相互連接名詞，並具體的指出名詞的位置
或場所，但一種介系詞所代表的意義相當眾多，很
難清楚瞭解它確切的意思，透過熟記各介系詞的代
表圖示來持續培養概念及運用能力，可說是最有效
的學習方法。

01 表示「接觸、進行」的 on

on 最常代表的意思是「在～之上」，但上下左右、表面以及線等接觸面，也都可以用 on 來表達；另外接觸某個對象而緊靠則有「依存、依靠」的意思；而電流在電線中流動或是火車在鐵軌上行駛這類行為，則有「進行」及「持續」的意思。

在～之上、接觸

進行的、自動的

依靠～

---

01 表示接觸與附著的 on　　　　　　　　　　MP3 介系詞 01-01

on 最常代表的意思是「在～之上」，但上下左右或接觸等，都可以用 on 來表達。

on the second floor
在二樓

on the river
靠近河邊（當有接觸到那個線時）

核心
例句

They live **on the second floor**.
他們住在二樓。

They live **on the river**.
他們住在河邊。

核心
表現

· **on** the ceiling　天花板上
· **on** the street　街上
· **on** the wall　牆壁上

· **on** the other side　換句話說
· **on** the beach　在海邊

如電流在電線中流動這種不間斷的持續活動或連續狀態時，也可使用 on 來表達。

on fire 著火

on vacation 度假

The building is **on fire**. 那棟建築失火了。
He is **on vacation** now. 他正在休假。

· **on** fire 失火	· **on** the way 進行中	· **on** strike 罷工
· **on** vacation 休假中	· **on** a trip 旅行中	· **on** leave 休假中
· **on** the air 播放中	· **on** sale 折扣中	· **on** the move 移動中
· **on** the wane 衰退中	· **on** the rise 上升中	· **on** the increase 增加中
· carry **on** 持續～	· keep **on** 持續～	

on 可表示接觸對象的狀態，並表示出緊密的關係，因此有「依靠～」之意，也有「受影響」的意思。

count on me 相信我

live on rice 以米為主食

You can **count on me**. 你可以相信我。
We **live on rice**. 我們以米為主食。

· count **on** 相信～	· rely **on** 靠～	· rest **on** 依靠～
· live **on** 以～為主食	· prey **on** 捕食～	· tell **on** 受～影響
· attend **on** 服侍～	· bear **on** 與～有關係、被影響	
· wait **on** 服侍～	· act **on** 依照～行動	

表示集中意思的 on 有著對某對象的密切關係或有連貫性的意思，因此經常使用於對某個（專業）領域的研究或關心。

book on economics
經濟學相關的書

authority on physics
物理學界的權威

He is writing a **book on economics.**
他正在寫一本有關經濟學的書。

She is an **authority on physics.** 她是物理學界的權威。

- a lecture **on** economics　經濟學相關的演講
- thesis **on** English literature　有關英國文學的論文
- focus **on**　集中於～
- keep an eye **on**　留心看～

「穿衣服、穿鞋子」等表達有接觸到身體，可使用 on 來表示，拍打人時有碰到身體，也可使用 on 來表示。

put on a coat
穿外套

hit me on the head
打我的頭

Put on a coat. It's cold outside. 把外套穿上，外面很冷。
He **hit me on the head.** 他打我的頭。

- try **on** the dress　穿上洋裝
- slap me **on** the face　被打巴掌
- make an attack **on**　攻擊～
- play a trick **on**　捉弄
- jump **on**　跳、譴責
- make a raid **on**　襲擊～

12

上到使用的交通工具、通訊或進行支付，可用帶有進行或移動意思的 on 來表示。

on foot 走路

on the phone 通話中

核心
例句

I came here **on foot**. 我走路來的。
He is **on the phone**. 他正在講電話。

核心
表現

- **on** foot　走路、步行
- **on** the phone　電話中
- **on** the internet　網路上
- **on** credit　刷卡

- **on** a plane　坐飛機
- **on** the radio　廣播中
- **on** TV　電視上

●自我檢測！　　動動腦，看圖連連看，找出適合的搭配用法！

　・

　　　　　　　　　　　　・ on fire

　・

　　　　　　　　　　　　・ hit me on the head

・

　　　　　　　　　　　　・ on the second floor

| [Answers] | on the second floor 在二樓 | on fire 著火 | hit me on the head 打我的頭 |

02 表示「分離、分開」的 off

和 on 相反的 off 有表示「分離」和「剝奪」、「分開」的意思，切開、分開、抽離等也都是使用 off，當然離開工作去休息或和人們分離也可用 off，和對象分開時，用「與～分開」、「離開的～」，可表現出空間感及距離感。

切斷

分離

分開與散發

---

01 表示被分離、分開

MP3 介系詞 02-01

分離的 off 有和對象分開或分離的意思，如脫衣服、下公車等行為或拍去灰塵、俐落的完成等，也能用 off 來表示。

take off his shirt
脫下襯衫

cut off a branch
剪樹枝

 When he came home, he **took off his shirt**.
他一回到家，就把襯衫脫掉。

The boy **cut off a branch** from the tree.
男孩從樹上剪了一根樹枝。

- take **off** 拿開、脫掉
- fall **off** 落下
- switch **off** 關開關
- dust **off** 抖、拍灰塵

- get **off** 離開、下
- come **off** 掉落、離開
- turn **off**（電器）關掉
- rinse **off** 潤絲

- cut **off** 剪
- shake **off** 搖晃
- brush **off** 刷掉
- pay **off** 付錢

02 表示切斷和斷絕的 off

MP3 介系詞 02-02

off 不僅可表示與事物分開，也可指事情的關聯性，結束戀人關係或斷絕的意思。

be off 休息日

put off the picnic 野餐延期

 核心例句

He**'s off** today. 他今天休息。

If it rains tomorrow, we will **put off the picnic**.
明天下雨的話，野餐就會延期。

 核心表現

· be **off** today 今日休息
· be **off** with him 和他斷絕
· put **off** 延遲、延期
· lay **off** 解雇

· take a day **off** 休息一天
· break **off** 結束關係
· hold **off** 保留
· call **off** 取消

03 散開、散發

MP3 介系詞 02-03

off 有分開的意思，也常使用在爆炸、有香氣或表現出感情的意思。

give off 散發氣味

the bomb goes off 炸彈爆炸

 核心例句

The plant **gave off** a strange odor.
那植物散發出奇怪的味道。

The bomb went off in front of the hotel.
炸彈在飯店前爆炸。

 核心表現

· give **off**（氣味等）散發
· let **off** steam 消除壓力

· go **off**（子彈或炸彈等）發射、爆炸

15

off 有分開（被分離）的意思，如對車子在行進或飛機飛離地面，可感覺到速度感的意思，接機或送人時也是用 off。

take off 起飛

see him off 送機

 The airplane **took off** at 5 o'clock.
飛機五點起飛。

I'm going to **see him off** at the airport.
我到機場去送機。

- walk **off** 轉身離開
- ride **off** 騎走
- see **off** 送（人）離開
- jump **off** 跳下

- start **off** 出發
- carry **off** 拿走
- take **off** 起飛（飛機等）
- drop **off** 放下

●**自我檢測！**　動動腦，看圖連連看，找出適合的搭配用法！

 ·

 ·

 ·

· put off the picnic

· take off his shirt

· the bomb goes off

| [Answers] | take off his shirt
脫下襯衫 | put off the picnic
野餐延期 | the bomb goes off
炸彈爆炸 |

03 表示「內部、裡面」的 in

in 有「在～內」的空間概念，包含時間的「在～時間內」，表示情況或狀態的「在～情況中」、「進入～情況」也可用 in 來表示「往～內」、「進入～」的動作。

空間、場所、範圍、期間內　　　時間內持續　　　進入

---

01 表示空間場所的 in
MP3 介系詞 03-01

in 有「在～內、內部裡」的意思，可表示場所或在建築物內的意思。

in the room 房間內

in Seoul 在首爾

核心
例句

Who is **in the room**? 誰在房裡？
He lives **in Seoul**. 他住在首爾。

核心
表現

· **in** the box 盒子內
· **in** the river 河裡
· **in** Seoul 在首爾
· **in** the country 在鄉下

· **in** the room 房間內
· **in** the picture 照片裡
· **in** Korea 在韓國

02 處於～、陷入～的狀態

in 有顯示情況、狀態的意思，如「在～內」。

be in trouble 陷入困境

be in season 當令的

You **are in** big **trouble**. 你麻煩大了。
Apples **are** now **in season**. 現在正好盛產蘋果。

- **in** trouble 麻煩
- **in** danger 陷入危險
- **in** panic 恐慌
- **in** coma 陷入昏迷
- **in** love 熱戀中
- **in** a good mood 好心情
- **in** season 當令、當季
- **in** fashion 流行中
- **in** a hurry 緊急

03 （裡面）正在～、正在～的狀態

in 常用在表示時空中的進行狀態。

in the army 當兵

in hospital 住院

My brother is **in the army**. 我哥哥（或弟弟）在當兵。
The taxi driver is **in hospital** with serious injuries.
計程車司機重傷住院中。

- **in** prison 服刑中
- **in** class 上課中
- **in** church （做）禮拜中
- **in** business 營業中
- **in** the army 服役中
- **in** hospital 住院中
- **in** bed 臥床
- **in** training 訓練中
- **in** silence 冥想中

04 包括在～、～領域中

in 有表示「在（某個領域）中」的意思，表明屬於該領域。

in the computer industry
電腦產業

in the quality
品質上

My father is **in the computer industry**.
我爸爸在電腦產業上班。

Our product is very good **in the quality** and price.
我們的產品不論是品質或價格上都十分優秀。

- **in** the computer industry 電腦產業
- **in** the quality and price 品質與價格上
- **in** theory 理論上　　· **in** practice 實際上
- **in** shape 外型上　　· **in** color 色彩上
- **in** psychology 心理學（上）
- **in** strength 力量上
- **in** length 長度上
- **in** design 設計層面上

05 使用在時間性概念的 in

in 有「在～時間之內」的意思，特別將 in 放在未來時態一起使用時，有「～之後」的意思。

in my childhood
在我年幼時期

in ten minutes
在十分鐘內、十分鐘後

I went there often **in my childhood**. 我在年幼時期常去那裡。
I'll be there **in ten minutes**. 我十分鐘後會到那裡。

- **in** my childhood 年幼時期 · **in** the past 在過去 · **in** the future 未來
- **in** summer 在夏天　　　· **in** June 在六月　　· **in** the 1990s 在一九九○年代
- **in** his teens 在他十幾歲時 · **in** the morning 在早上
- **in** the middle of the night 在半夜

04 表示「往外、完全用盡」的 out

out 有「外部」、「往外」之意，也有從有到無，沒剩下的「完全耗盡」之意。例如物品賣完時會掛上 **sold out** 的牌子，表示全數賣完，此時的 out 有「往外」和「無剩下」的意思。

往外

無剩下、用盡

---

01 往外、在外面

MP3 介系詞 04-01

out 最常用的一般意思為「在外面」。

stay out 在外面、外宿

go out 外出

核心例句

He **stayed out** last night. 他昨晚外宿。
I saw her **go out**. 我看到她出去。

核心表現

- take **out** 帶走
- pick **out** 挑選
- cut **out** 刪去
- stay **out** 外宿
- pull **out** 拔

- bring **out** 帶出
- get **out** 外出
- let **out** 讓～出去、洩漏
- come **out** 出來
- step **out** 走出來

02 完全的～、耗盡

MP3 介系詞 04-02

當有「結束」、「用盡」意思時可使用 out，如 help out 是「幫助～脫離困難」的意思，比 help 更有強調之意。

fill out 全填好

run out 耗盡

核心
例句

Fill out all the blanks on this application.
請填寫申請書上的空格。

I'm **running out** of gas. 汽油用完了。

核心
表現

- wear **out** 耗盡
- hear **out** 聽完
- find **out** 找出
- give **out** 散發、用完

- burn **out** 完全燒盡
- try **out** 完全嘗試
- work **out** 順利完成、運動
- run **out** 耗盡

- hold **out** 堅持到底
- figure **out** 想出

- point **out** 指出

---

03 有「從～出來」、「從～開始」意思的 out of

MP3 介系詞 04-03

具有「～的」意思的 of 和 out 一起使用時，則有「往～外」，也就是「從～出來」之意，此時需與 out of 的「～不足」、「不夠」作區分。

get out of the army 退伍

get out of here 出來

核心
例句

When did you **get out of the army**? 你何時退伍？
Let's **get out of here**. 我們離開這裡吧。

核心
表現

- drop **out of** school 退學
- get **out of** the car 下車
- be **out of** danger 脫離危險

- get **out of** the building 走出大樓
- get **out of** business 停止營業
- be **out of** reach 無法觸及

21

out 除了「往外」的意思之外，還有「（往外）不見」的意思，和 of 一起使用時有「不夠、沒有」的意思。

out of sight 從眼前消失

out of my ability 超乎自己能力

核心
例句

Out of sight, out of mind.
眼不見為淨。

It's **out of my ability**. I can't do it.
這超出我能力，我做不到。

核心
表現

- **out of** work　失業
- **out of** money　沒錢
- **out of** gas　沒瓦斯
- **out of** breath　喘不過氣
- **out of** stock　無存貨

- **out of** budget　超出預算
- **out of** luck　好運用盡
- **out of** date　過時
- **out of** control　無法控制
- **out of** print　絕版

● **自我檢測！**　動動腦，看圖連連看，找出適合的搭配用法！

- ・run out

- ・go out

[Answers]　go out　　run out
　　　　　　外出　　　耗盡

05 表示「往上、完全、耗盡」的 up

up 不只是有「往上」的意思，也有往上移動的運動性，因此成長或醒著的活動性，也能使用 up；另外當持續往上達到停止時，也就有「完全」的意思，和先前的 out 型態相同。

往上、朝上

漸漸靠近

完全地

---

01 往上、朝上的

MP3 介系詞 05-01

出現方向、移動、位於上方或表示往上時會使用 up。

get up 起床

look up 往上看

核心
例句

I **get up** early in the morning.
我早上早起。

When you feel down, why don't you **look up** at the sky?
當你心情低落時，何不抬頭看看天空？

核心
表現

- stand **up** 起立
- set **up** 建立、設置
- take **up** 往上拿起

- climb **up** 往上爬
- pull **up** 往上拉
- jump **up** 往上跳

- lift **up** 舉起
- throw **up** 吐
- show **up** 出現

up 有上升的意思，常使用於讓某對象發展或提升的意思，up 有活動性的含意，如 stay up 有「不睡、持續醒著」的意思。

grow up 成長

move up 往上提升、晉升

核心
例句

I **grew up** in the country. 我在鄉下長大。
He **moved up** to manager. 他晉升為管理階層。

核心
表現

· grow **up** 長大
· stay **up** 熬夜
· move **up** 晉升、上升
· warm **up** 暖身、增加活力
· be **up** 清醒

· sober **up** 醒酒
· build **up** 累積、增加
· turn **up** 出現、發生事情
· come **up** 往上、成名
· bring **up** 養、往上

和 out 相同，up 也有往上到「完全用盡」、「結束」的意思，如我們所知的「時間到」time is up 為最具代表的意思。

use up 用盡、耗盡

fill up 完全裝滿

核心
例句

He **used up** all of his energy. 他耗盡全身力量。
Fill it **up**, please. 請加滿。

核心
表現

· break **up** 打破、分手
· dress **up** 打扮
· give **up** 放棄
· wind **up** 結尾

· cover **up**（完全）遮蓋、隱藏
· tie **up** 綁住
· burn **up** 燒盡
· wrap **up** 結束

· fill **up** 加滿
· beat **up** 打
· buckle **up** 繫

up 有接近對象或靠近的意思，close up 是最具代表的意思，稍微往前或往後移動，也可用 up 來表示。

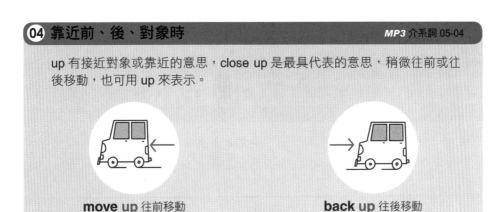

move up 往前移動　　　　　　　　　　**back up** 往後移動

核心
例句

Move up your car, please. 請移動一下車子。
Back the car **up**, please. 請把車子移開。

核心
表現

· step **up** 往前　　　　　　· run **up** to her 跑向她
· come **up** to me 靠近我

● 自我檢測！　　動動腦，看圖連連看，找出適合的搭配用法！

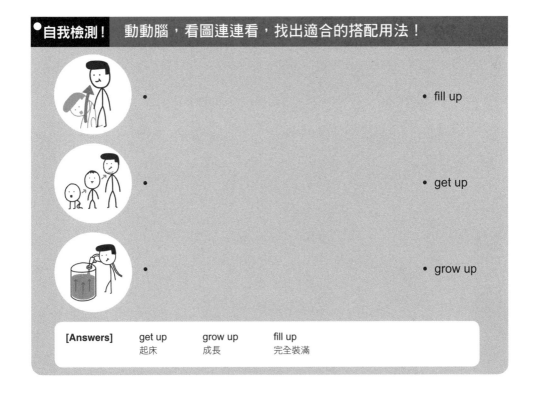

· fill up

· get up

· grow up

[Answers]	get up	grow up	fill up
	起床	成長	完全裝滿

06 表示「往下」的 down

和 up 相反，down 有「往下」的方向性和移動的動作性，有下降或減少等意思時，都可用 down 表達，請一定要記住表達 down 的兩種圖示！

下方、往下

跟著～往下

---

01 往下掉的、下降的

MP3 介系詞 06-01

down 有往下降的意思，可使用在敘述物品往下或減少。

go down 往下

turn the volume down 降低音量

核心例句

The plane **went down** yesterday. 飛機昨天墜機了。
Turn the volume down. It's too loud. 太大聲了，把音量調小。

核心表現

- pull **down** 往下拉
- run **down** 往下、減少
- put **down** 往下放
- get **down** 往下
- take **down** 往下、倒下

- lie **down** 躺下
- sit **down** 坐下
- cut **down** 減少
- bring **down** 降低

聽到 down，第一個就會聯想到倒下的圖，因此故障、破壞等都和 down 相關。

break down 故障

tear down 拆毀

My car **broke down** again. 我的車子又故障了。
They **tore down** the old apartment. 他們拆除了舊公寓。

- break **down** 故障
- close **down** 封鎖
- shut **down** 封閉
- bring **down** 往下、落下

- tear **down** 拆、拆解
- knock **down** 擊倒、打碎
- pull **down** 拉下、拆除
- burn **down** 燒毀

down 有在下方的位置性及往下移動的運動性。

down the river 河水下游

down this street 街尾

We moved **down the river** to see the bird.
我們到河下游去看鳥。

Go straight **down this street**.
直走到這條路的盡頭。

- walk **down** the road 沿著路走
- drift **down** the river 沿著河走

- run **down** the valley 跑下山谷

04 情緒、情感的下降及鎮定的意思　　　　*MP3* 介系詞 06-04

如「心情憂鬱」般，當人的情緒或情感低落時，可用 down 表現，down 若用在人身上可當成疲累或累垮之意的副詞來使用。

let you down 讓你失望

calm down 鎮定、安靜

I won't **let you down**. 我不會讓你失望的。
Calm down. He will be okay. 鎮定，他會沒事的。

· let **down** 使～失望　　· run **down** 疲累　　· turn **down** 拒絕
· look **down** 忽視　　· put **down** 貶損、壓制

05 著手紀錄　　　　*MP3* 介系詞 06-05

有「寫下」的意思，常和 down 一起使用。

write it down
寫下來

put down the phone number
寫電話號碼

I want you to **write it down**.
我希望你能寫下來。

Please **put down your phone number** here.
請把你的電話號碼寫在這裡。

· jot **down** 草草記下　　　　· write **down** 寫下
· put **down** 寫下　　　　　　· take **down** 寫

07 表示「如彩虹般橫跨、垂掛」的 **over**

常被賦予「垂掛於～上」的 over 有位置性及有「越過～」，類似砲彈拋物線的動作性，或是有超過所訂標準的「結束」意思，如 Time is over，除此之外 over 也有覆蓋某對象的意思。

上方

超越

期限

結束

---

01 ～上方、～那邊

當 over 用來表示位置時，「在～上方」、「～那邊」的意思，此時可聯想到有覆蓋對象上方的圖示。

over the mountain 越過山嶺

all over the world 世界各地

核心
例句

The village is **over the mountain**.
村莊在山的那一邊。

I wish to travel **all over the world**.
我想環遊世界。

核心
表現

· **over** the rainbow 跨越彩虹　　　· **over** the river 越過河水
· **over** the sea 越過海　　　　　· **over** the hill 越過山丘

想到 over 時，會出現砲彈飛躍或田徑選手以拋物線的方式跨越障礙物的動作，但也有「跳脫困難或難關」、「克服」的意思。

come over here 到這邊來

get over 越過、克服

核心
例句

Come over here! You need to see this. 快過來！看看這個。
You have to **get over** the disease. 你必須戰勝病魔。

核心
表現

· **over** the limit 超越極限
· get **over** the shock 克服打擊
· jump **over** the fence 跳過籬笆
· get **over** the difficulty 克服困難

當超過期限或範圍時，可用表示「結束」之意的 over，也可使用「超過」來描述。

A game is over 比賽結束

over 180cm tall 超過一百八十公分以上

核心
例句

A game is not **over** until it is over.
等到比賽結束才是真正的結束。

My boyfriend is **over 180 centimeters tall**.
我男朋友身高超過一百八十公分。

核心
表現

· **over** the budget 超過預算
· **over** 100 kilograms 超過一百公斤
· run **over** 溢出
· **over** ten years 超過十年
· **over** a thousand people 超過千人
· boil **over** 煮沸後溢出

over 有著拋物線式移動或以拋物線型態覆蓋對象的動作，常有利用影響力覆蓋對方時，有著「支配」或「統治」的意思。

over the floor 蓋住地面　　　　　　　　**over her mouth** 遮住她的嘴

There's water all **over the floor**. 地上都是水。
He put his hand **over her mouth** to silence her.
為了讓她安靜，他用手遮住她的嘴。

- rule **over** 統治～
- all **over** the world 全世界
- **over** the field 蓋過原野（整片原野）
- reign **over** 統管～、支配
- **over** the country 全國

當有覆蓋意思的 over 和表示時間等名詞一起使用時，則有「這段時間持續～」之意，此外 over and over 有「反覆～」，表示持續性的進行。

over the weekend 連續一個禮拜　　　　**over and over** 持續不間斷

Where did you go **over the weekend**? 每個周末你都去哪裡？
I read the newspaper **over and over**. 我不斷重複的看報紙。

- **over** a year 連續一年
- think **over** 仔細思考
- mull **over** 仔細思考
- **over** the past five years 過去五年裡
- go **over** 翻閱

有拋物線狀態意思的 over 在表示短暫動態時，有「轉動」的意思，如 around 有左右迴轉意思的話，那麼 over 則是代表「上下翻轉」的意思。

turn the egg over 幫蛋翻面

roll over 翻

核心
例句

When should I **turn the egg over**?
什麼時候要把蛋翻面呢？

My baby started to **roll over** three days ago.
三天前我的小孩開始會翻身。

核心
表現

· flip **over**　翻

· tip **over**　翻、傾斜

· knock **over**　打翻

●自我檢測！　　動動腦，看圖連連看，找出適合的搭配用法！

　　·

·　over her mouth

　　·

·　over and over

·

·　come over here

[Answers]　　　come over here　　　over her mouth　　　over and over
　　　　　　　　到這邊來　　　　　　遮住她的嘴　　　　　持續不間斷

08 表示「離開～、疏遠」的 **away**

away 有著漸漸遠離的意思，可以記憶成如西下的夕陽般緩緩消失，away 是表示在一定時間內慢慢進行的或是具有空間距離感，表示離開的介系詞。

遠、遙遠

緩緩消失

不理會、迴避

---

01 帶有時間、空間上遠離之意的 away

MP3 介系詞 08-01

away 有著在固定時間內漸漸遠離或消失的意思，所有的 away 都可解釋為時空上的消耗或減少。

be away **on a business trip**
因出差而離開

fly away
遠離

核心
例句

He **is away on a business trip**. 他出差中。
I saw geese **flying away**. 我看到雁群飛離。

核心
表現

· get away 逃走
· take away 帶離
· eat away 侵蝕、腐蝕
· move away （遠距離）搬家

· go away 遠離
· drive away 駛開
· throw away 丟離、丟棄

02 在固定時間內持續進行或消失時　MP3 介系詞 08-02

away 有慢慢遠離的意思，若是在固定時間內持續進行，則有「慢慢～的」之意。

fade away 消失

die away 減弱

核心
例句

Old soldiers never die; they only **fade away**.
老軍人不會死亡，只會逐漸消失。

The wind **died away**. 風變弱了。

核心
表現

· melt away　融化
· pass away　死亡
· carry away　帶走、失魂
· work away　持續努力的工作
· dig away　持續挖掘
· idle away　偷懶

03 有距離感的不理會或表示迴避的 away　MP3 介系詞 08-03

away 的遠離狀態可表示出和該對象的距離感，此時的距離感可用「躲避或不理會」來解釋。

turn away 不理會、拒絕

look away 轉開視線

核心
例句

She **turned away** from me. 她不理我。
He begged for money but people **looked away** from him.
他乞討但沒有人理會他。

核心
表現

· stay away from alcohol　遠離酒精
· keep away from junk food　遠離垃圾食物
· put it away　把它拿走

09 表示「點、移動」的 at

at 可表示狹窄場所或短時間的「點」，此外也有表示在小空間中忙碌移動、活動的動作性。

狹窄場所　　　　　　短時間　　　　　　進行、活動

---

01 表示狹窄場所的 at

MP3 介系詞 09-01

在指比較狹隘的點時，通常會用 at 表示，如家、村子或可表現出建築物的地點，大的場所如大城市或國家則用 in 表示。

at **home** 在家

at **the station** 在車站

核心
例句

I stayed **at home** all day yesterday. 我昨天整天在家。
I need to get off **at the** next **station**. 我必須在下一站下車。

核心
表現

· at home　在家
· at the office　在辦公室
· at the beach　在海邊
· at the station　在車站

· at the intersection　在十字路口
· at the bus stop　在公車站
· at a movie theater　在電影院
· at the meeting　在會議

02 表示短暫時間中的某個時間點的 at

MP3 介系詞 09-02

at 使用在時間上有表示短時間的意思，如「七點時」、「中午時」、「在那一刻」。

at six o'clock 六點時

at midnight 午夜時

核心例句

I got up **at six o'clock** yesterday. 我昨天六點起床。
She called me **at midnight**. 她半夜打電話給我。

核心表現

- **at** noon 中午時
- **at** dawn (= at sunrise) 黎明時
- **at** sunset 日落時
- **at** the moment 那一刻
- **at** a glance 一瞥

03 指事物、目標的 at

MP3 介系詞 09-03

at 有針對某個點，帶有「瞄準、指」的意思，因此當對著目標物或對象大聲或注視等情感表現出現時，可使用 at。

aim at **the target** 瞄準目標

shout at **the boy** 對男孩大喊

核心例句

The sniper slowly **aimed at the target**.
狙擊手屏氣凝神的瞄準目標。

She **shouted at the boy**. 她對著男孩大叫。

核心表現

- look **at** 看～
- be surprised **at** 因～驚訝
- be annoyed **at** 因～討厭
- aim **at** 瞄準～
- be delighted **at** 因～高興
- be angry **at** 對～生氣

at 可用來表示某時間點或某地點的連續活動，如在狹小場所的小區域奔走移動，也可用 at 展現出其動作性。

at war 戰爭中

at large 逃跑中

核心例句

The two countries are still **at war**. 兩國間還是有戰爭。
The murderer is still **at large**. 殺人犯還在逃亡。

核心表現

· **at** work 工作中
· **at** the table 用餐中
· **at** breakfast 吃早餐中

· **at** anchor 停泊中
· **at** the desk 讀書中
· **at** his desk 工作（讀書）中

●自我檢測！ 動動腦，看圖連連看，找出適合的搭配用法！

· at the station

· shout at the boy

· at six o'clock

[Answers]	at the station 在車站	at six o'clock 六點時	shout at the boy 對男孩大喊

⑩ 表示「越過～、超過」的 across

across 有「橫貫」、「越過」的意思，和 cross 相比便可簡單的瞭解。
cross 為動詞時有「交替」之意，為名詞時則有「十字架」的意思，
across 和 cross 雖相似，但當成介系詞和副詞使用時兩者有所差異，因
此各位只要將 across 想成橫跨道路的圖示即可。

橫跨道路

對面的大樓

偶然相見

---

01 橫跨、橫貫

MP3 介系詞 10-01

across 當副詞或介系詞時有「越過～」的意思，當動詞時則有「過～」的
意思，尤其 across 的「橫貫」有「到處、隨處、整體」之意。

across **the street** 穿過馬路

across **the country** 全國各地

 核心例句

They walked **across the street**. 他們走路過馬路。
His family is scattered **across the country**.
他的家人們分散在全國各地。

 核心表現

· **across** the river　過河
· **across** Antarctica　橫跨南極洲
· **across** the ocean　橫跨海洋
· **across** the border　橫跨國境

擁有橫跨之意的 across，用於表達對視的情況或顯示出位置時，有「位在對面」的意思。

sit across from each other
面對面坐著對視

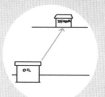

across the street
對面

核心
例句

The gas station is right **across from the convenience store**. 加油站在便利商店對面。

He **sat** down **across** from her. 他坐在她對面。

核心
表現

· live **across** the river　住在河的對面
· a mart **across** from my house　我家對面的市場

有橫跨交錯後像十字架一樣重疊交會之意的 across 有「見面」的意思，除此之外也有「讓對方理解」的意思。

come across my teacher
偶然遇見老師

get across to her
告訴她

核心
例句

I **came across my teacher** on my way home.
我回家的時候碰巧遇到老師。

My joke didn't **get across to her**. 我開的玩笑對她沒用。

核心
表現

· come **across** my ex-girlfriend　碰巧遇到我前女友
· run **across** him　偶然遇見他
· get it **across**　讓它被理解

11 表示「在周圍環繞」的 around

around 有「在～周圍」的意思，也有如畫圓形般表示「在～周圍環繞」的動作性，另外 around 也有在附近、四周等表達不確定的「大略（= about）」之意。

環繞在太陽周圍

在周圍晃蕩

---

01 周圍、外圍

MP3 介系詞 11-01

當 around 呈現靜止狀態時，有「在～周圍」、「在～外圍」的意思。

around her waist
圍繞腰圍

around the camp fire
營火周圍

核心例句

She wore a belt **around her waist**. 她用皮帶環繞腰部。
We sat **around the camp fire** and talked with each other.
我們坐在營火旁邊聊天。

核心表現

· **around** the table 環繞桌子 　· **around** the lake 湖水附近
· **around** the park 公園附近 　· **around** here 這裡周圍

02 強調「轉動」運動性的 around

around 有畫圓轉動的動作性，大部分都使用在有「轉動」意思的動詞片語上。但必須要和上下轉動的 over 有所區分。

travel around the world
到世界各地旅行

look around this city
在城市裡繞一繞

核心
例句

My dream is to **travel around the world**.
我的夢想是到世界各地旅行。

I'd like to **look around this city**.
我想要到處看看這個城市。

核心
表現

· show **around**　到處參觀
· move **around**　到處走動
· go **around**　到處走動
· come **around**　回來、恢復意識

· turn **around**　轉、改變方向
· get **around**　在附近走動、旅行
· hang **around**　在附近走來走去

●自我檢測！　動動腦，看圖連連看，找出適合的搭配用法！

•

• travel around the world

•

• around her waist

[Answers]　　around her waist　　travel around the world
　　　　　　　圍繞腰圍　　　　　到世界各地旅行

12 表示「通過、持續、結束」的 through

through 有如隧道般通過該對象並完成經歷過程的意思,從「穿過」、「貫通」,到通過對象時的「經歷該過程」,通過後則有「結束」,共有這三種意思。

貫通　　　　　　經歷所有過程　　　　　結束

---

01 穿透的、貫通的

MP3 介系詞 12-01

可聯想為子彈穿過或火車通過隧道般,有「貫穿物品」的意思,當使用 through 描述通過物品時,中間必須無任何障礙,有「直接穿透」的意思。

go through a tunnel
通過隧道

come through the window
經由窗戶進入

核心
例句

You have to slow down when you **go through a tunnel**.
通過隧道時,必須要減速。

The sun **came through the window**.
太陽透過窗戶照射進來。

核心
表現

· break **through** 打破、突破　　　· see **through** 看穿、看破
· pass **through** 通過、穿過　　　· run **through** 穿過～、傳遍～

通過隧道後代表了已經歷通過隧道的過程，所以 through 在描述過程或事件時有「體驗」、「經歷」的意思。

go through the same thing
經歷相同的事

go through a hard time
度過難關

I went through the same thing with you.
我和你經歷過相同的事。

My mother said she went through a hard time when she had me. 媽媽說她在生我的時候，受了不少苦。

- go through culture shock　體驗文化衝擊
- go through many wars　經歷許多次戰爭
- go through the changes　經歷了許多次變化
- go through the crisis　度過危機
- go through the internship program　經歷實習生計畫

最後一階段是出隧道，因此 through 有「結束」的意思。

be through with a girlfriend
和女友分手

get through college
大學畢業

I am through with my girlfriend. 我和女友分手了。
It took me five years to get through college.
讀大學花了我五年的時間。

- get through the work　結束工作　　· be through with her　和她分手
- go through with it　完成它

through 在特定時間內有「持續進行」的意思，聯想為在通過隧道時持續進行的動作即可。

all through **the night** 整個晚上   through **the summer** 整個夏天

 My son was sick **all through the night**.
我兒子整晚不舒服。

I stayed in Canada **through the summer.**
整個夏天我都在加拿大。

 · through the weekend　整個周末　· all through the year　整年
· through the vacation　整個假期　· through next week　直到下禮拜

當道具或方法使用時，有「透過～」的意思，表透過某個對象來成為通過的媒介。

through **the window** 透過窗戶   through **a recruiter** 透過人才招募

 He looked out **through the window**. 他透過窗戶往外看。
She got a job **through a recruiter.**
透過人才招募，她找到了工作。

 · through the lens　透過鏡片　　　　· through a telescope　透過望遠鏡
· through a salesperson　透過銷售員　· through a translator　透過翻譯

13 表示「跟著～、一起」的 along

along 所使用的對象，大多有順應、跟隨之意，和 along 一同出現時，大部分代有肯定、正面的意思，可想像成 along 和某個對象往同個方向移動或同時一起活動。

跟隨

和平相處

一起

---

01 跟隨～、沿著～

MP3 介系詞 13-01

跟著道路、河邊一起並排走時，可使用 along 來表示。

walk along the street
沿著街道走

park along the sidewalk
沿著人行道停車

核心例句

The man **walked along the street**.
那男子沿著街道行走。

Some cars were **parked along the sidewalk**.
有些車沿著路邊人行道停車。

核心表現

· **along** the road 沿著路   · **along** the bridge 沿著橋
· **along** the stream 沿著小河   · **along** the beach 沿著海灘

45

along 有沿著河流、車子沿著路行駛的相互協調性，和動詞一同使用時則有「處得來」、「很好」的意思。

get along well
處得來

go along with you well
很適合你

 We **get along well** with each other.
我們處得很好。

This suit **goes along with you well**.
這西裝很適合你。

 ・go **along** with what you said　同意你說的
・move **along**　跟著～活動、移動

●**自我檢測！**　　動動腦，看圖連連看，找出適合的搭配用法！

　・

・get along well

　・

・walk along the street

　・

・park along the sidewalk

| [Answers] | walk along the street 沿著街道走 | get along well 處得來 | park along the sidewalk 沿著人行道停車 |

Unit 01

get

得到、獲得

get - got - got (gotten)

get 有「得到」、「獲得」之意，後面若接受詞，
則有「獲得（物品）、帶來～」的意思；後面接人
物時，有「帶（人）來、叫～來」的意思。另外
get 有顯示自己未曾有過的變化過程，因此有「成
為～」之意。

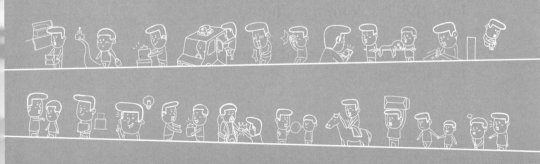

01

get + 物品　獲得、買

get 後面加物品時有「得到」、「獲得」該物品的意思，意思和用法與 buy「買」、receive「獲得」等相同。

- **get a movie ticket** for free
  拿到免費的電影票
- **get a book** on the internet
  在網路上買書
- **get some milk** at the supermarket
  到超市買牛奶
- **get the cake** for my mother
  買蛋糕給媽媽

I **got this movie ticket** for free.
我獲得免費的電影票。

Can I **get this book** on the internet?
我能在網路上買到這些書嗎？

02

get + 物品　接受

get 後面加物品時有「得到該物品」的意思，當「收到～」使用。

- **get a present** from my father
  收到爸爸給的禮物
- **get the phone**
  接電話
- **get this book** from my friend
  收到朋友給的書
- **get the mail**
  收信件

I **got this book** from my friend.
我收到朋友給的書。

I **got a birthday present** from my father.
我收到爸爸給的生日禮物。

get + 物品　拿～來、帶～來

get 後面加物品時有「將該物品帶來」的意思，和 bring
「帶來」的意思相同。

· get a spoon
拿湯匙

· get a chair
拿椅子

· get some water
拿水

· get some food for you
幫你拿些食物

· get a blanket for her
幫她拿毯子

· get some medicine
拿藥

Wait a minute! I'll **get a spoon**.
等一下！我拿個湯匙。

Can you **get a chair**?
你可以拿張椅子嗎？

Are you thirsty? I'll **get some water** for you.
你口渴嗎？我幫你拿些水。

He is bleeding. You need to **get some medicine**.
他在流血，幫忙把藥拿來。

get + 人　帶來、叫來

get 後面加人時，有「叫某人來～」的意思，和前面〔get +
物品〕「帶該物品來」的意思相似。

· get a nurse 叫護士
· get the police 叫警察

· get a teacher 叫老師
· get the manager 叫經理

He fainted again. **Get a nurse**!
他又昏倒了，請叫護士來！

He took my money. **Get the police**!
他拿了我的錢，快幫我叫警察！

get + 人 + 物品   把～交給～

〔get + 間接受詞 + 直接受詞〕的型態，有「給某人某物品」意思的受語動詞型態，此時的 get 有 give「獲得後給予」之意。

· **get you some food**
幫你拿食物

· **get you a beer**
幫你拿啤酒

· **get you dinner**
請你吃晚餐

· **get you some coffee**
幫你拿咖啡

· **get you something** to drink
幫你拿點東西喝

· **get her a nice dress**
幫她買漂亮的洋裝

Can I **get you something** to drink?
需要幫你拿點什麼喝嗎？

I'll **get you dinner** this time.
這次晚餐我請你。

get + 人 + 人   幫～帶來～

〔get + 間接受詞 + 直接受詞〕的型態，有「幫某人帶～來」之意，和 bring 的「跟某人說，要某人來或帶來」的意思相同。

· **get me a waiter**
幫我叫服務生

· **get me the police**
幫我找警察

· **get me a doctor**
幫我找醫生

· **get me the manager**
幫我叫經理

Somebody **get me a doctor**.
請幫我找醫生來。

The service is really terrible! **Get me the manager**.
這裡的服務糟透了！叫你們經理出來。

get + 賞、罰   接受獎賞、處罰、評分

get 後面加上賞、罰或評分時，代表「受到獎勵、懲罰、評分」的意思，如中樂透的 win the lottery「中獎」等，也可以使用。

07

- · get a fine
  被罰款
- · get a raise
  被加薪
- · get 800 points in TOEIC
  多益考到八百分

- · get a parking ticket
  被開違規停車罰單
- · get the scholarship
  領獎學金
- · get a good score (grade) on the test
  考試得到不錯的成績（分數）

I didn't expect to **get this prize**.
沒想到我會得這個獎。

He **got a good grade** on the English test.
他在這次的英文考試中獲得不錯的成績。

get + 許可、更換等   接受許可、更換等

〔get + 物品〕的形式，有「拿到～」的意思，常被解釋為「被許可、可兌換、可貸款」等。

08

- · get permission　獲得許可
- · get a (bank) loan　向（銀行）貸款
- · get a pension　獲得退休金

- · get a discount　獲得折扣
- · get a refund　退款

Can I **get a discount** on this?
可幫我打折嗎？

I want to buy a house. I wonder whether I can **get a bank loan** or not.
我想買房子，不知是否可向銀行貸款。

51

get + 理解　獲得知識、瞭解，理解

get 常用於「獲得知識或瞭解狀況」的意思，尤其以〔get + 人〕型態出現時，代表瞭解那個人所說的意思。

- **get his joke**　瞭解他說的笑話
- **get the situation**　瞭解情況
- **get me wrong**　誤會我
- **get him**　瞭解了（他所說的話）
- **get the point**　瞭解重點
- **get the picture**　瞭解狀況

Don't **get me wrong**. It was an accident.
不要誤會我，這是個意外。

Do you **get the picture**?
你瞭解了嗎？（懂了嗎？）

have got + 病、症狀　有症狀、生病

have got 有「擁有」的意思，當 have 和病、症狀相關的單字一起使用時，代表「擁有病症或相關症狀」或有「患病」之意。通常說出 have got 時，have 的音比較弱，反倒加重 got 的音。

- **have got a cold**
  感冒
- **have got a stomachache**
  肚子痛
- **have got a pain** in my shoulder
  肩膀痛
- **have got a fever**
  發燒
- **have got a headache**
  頭痛
- **have got a pain** in my chest
  胸痛

I've **got a cold**. Can I get some medicine?
我感冒了，可以拿些感冒藥嗎？

I've **got a pain** in my chest. I need to see a doctor.
我胸痛，需要去看醫生。

get + 名詞　做～

11

get 後面加上名詞，代表有做出與名詞相關行為的意思，此時 get 的意思並無太大變化，而是呈現最基本的「得到」之意。

核心
表現

· **get some rest**
休息

· **get a job**
有工作

· **get a haircut**
剪頭髮

· **get some fresh air**
呼吸新鮮空氣

· **get a shot**
打針

· **get a girlfriend**
交女朋友

核心
例句

I am tired. I need to **get some rest**.
我累了，需要休息。

Did you **get a haircut**?
你剪頭髮了？

get + 過去分詞　就～、成為～

12

〔get + 過去分詞〕有顯出「成為～」的變化，和意思單純為「是～」的「be + 過去分詞」有些許差異。

核心
表現

· **get paid** 已付款

· **get promoted** 被晉升

· **get caught** 被抓

· **get married** 結婚

· **get hired (fired)** 被錄取（被解雇）

· **get hurt** 被傷害

· **get stuck** 被纏住、被困住

· **get divorced** 離婚

核心
例句

How much do you want to **get paid**?
你想要拿多少錢？

Congratulations! You **got promoted**.
恭喜！你升官了。

get + 形容詞　變成～狀態

表現狀態的形容詞和 get 一同使用時會有「變成～狀態」的意思，此時 get 應翻為「變成～」，因表現出和之前的不同變化。

· get mad (angry) 生氣	· get sleepy 想睡	· get drunk 喝醉
· get bored 無聊	· get nervous 變緊張	· get confused 混亂
· get fat 變胖	· get bald 變禿頭	· get hot / cold 變熱／變冷

When did you **get married**?　你何時結婚的？

I'm **getting drunk**.　我快要醉了。（我有點醉了。）

He's **getting bald**.　他快變禿頭了。

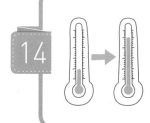

get + 形容詞比較級　變更～

帶有變化意思的 get 後面若接上形容詞比較級，則有「變得更加～」的意思，若出現〔get + 比較級 + and + 比較級〕時，有「愈來～愈～」。

· get hotter　變熱	· get colder　變冷
· get better　變好	· get worse　變糟

The days are **getting hotter** and hotter these days.
最近愈來愈熱了。

Your English is **getting better**.
你的英文變好了。

The situation is **getting worse**.
情況變糟了。

15

get + 人 + **to** 不定詞　讓～做～

get 有「讓～」的意思，所以 get 後面加上人和 to 不定詞時，則有「讓某人做某事」的意思。

核心表現

· **get him to clean** the room
要他打掃房間

· **get her to make** coffee
讓她泡咖啡

· **get her to wash** the dishes
要她洗碗

· **get him to paint** the house
要他幫房子漆油漆

核心例句

Why don't you **get him to clean the room**?
你為何不讓他打掃房間？

I will **get him to paint the house**.
我會讓他幫房子漆油漆的。

16

get + 物品 + **p.p.**　變成～

p.p.（過去分詞）有被動的意思，使用〔get + 物品 + p.p.〕時，有「物品變成～」的意思。

核心表現

· **get my car repaired**
修理我的車子

· **get the work done**
完成工作

· **get my hair cut**
剪我的頭髮

· **get it started**
開始進行

核心例句

I need to **get my hair cut**. (= I need to get a haircut.)
我需要去剪頭髮。

You have to **get the work done** by tomorrow.
你必須在明天之前完成這個工作。

★ 以下空格處請填入 get 來完成句子。

01. 我會把我的東西帶來。

I will _____ my stuff.

02. 日子愈來愈長了。

The days are _____ _____.

03. 我會接電話的。

I'll _____ _____ _____.

04. 他在英語演講比賽中獲得第一名。

He _____ the first _____ in the English speech contest.

05. 誰能幫忙叫個醫生！

_____ _____ a doctor, please!

06. 你的太陽眼鏡在哪買的？

Where _____ _____ _____ the sun glasses?

07. 這件襯衫是我在現代百貨公司買的。

I _____ _____ _____ at Hyundai department store.

08. 你準備好生日禮物要給媽媽了嗎？

Did you _____ _____ _____ for your mother?

09. 你把車停在這裡的話會被罰款。

You will _____ _____ _____ if you park here.

10. 他找到工作了嗎？

Did he _____ _____ _____?

[Answers]
1. get   2. getting longer   3. get the phone   4. got, prize   5. Somebody get
6. did you get   7. got this shirt   8. get the present   9. get a fine   10. get a job

11. 我頭痛。

_____ _____ a headache.

12. 我腿疼痛。

_____ _____ _____ _____ in my leg.

13. 我的數學考試得到八十分。

I _____ _____ _____ on the math test.

14. 你看起來很累，你需要休息一下。

You look tired. You need to _____ _____ _____.

15. 需要我幫你拿水喝嗎？

Can I _____ _____ something to _____?

16. 我昨天收到他寄的信。

I _____ _____ _____ from him yesterday.

17. 你從哪裡拿到錢的？

_____ _____ _____ _____ the money?

18. 他薪水很多。

He _____ _____ a lot.

19. 你無法從我身上獲得任何東西。

You will _____ _____ from me.

20. 你為什麼不讓他做早餐？

Why don't you _____ him _____ _____ breakfast?

Unit 02

get

get 相關動詞片語

「get + 介系詞」時，該介系詞可決定動詞片語的
意思，有「動作」意思的 get 會因所接介系詞的不
同，而有不同的意思，特別是 get 有「移動」之
意，所以大家只要記得 get 的所有動詞片語，都含
有「走動、移動」的意思。

get up 起來、上升

get up 為不及物動詞時，有「起床」的意思，但後面加上受詞成為及物動詞的話，有「將～抬起」的意思。

· **get up** early
早起

· **get up** late
晚起

· **get up** there
過來這裡

· **get up** the hill
上到山丘

· **get** him **up**
把他抬起來

· **get** it **up**
把它抬起來

I usually **get up** early in the morning.
我早上通常早起。

Let's **get** him **up**! We need to carry him to the ambulance.
把他抬起來吧！我們要把他移到救護車那。

get down 下、往下

get down 為不及物動詞使用時有「趴下」、「往下」之意，後面加上受詞為及物動詞的話，有「把～往下」的意思。

· **get down** here
下來這裡

· **get down** to business (work)
著手工作

· **get down**
躲起來

· **get** it **down**
把它放下

· **get** me **down**
把我放下

Drop the gun! **Get down** on the floor!
把槍丟掉！趴在地上！

It's not easy to **get down** to work after long holidays.
經過長時間的休假後，很難著手開始工作。

get in 進入

03

get in 為「進入～」的意思，尤其 get in my way 為「進入到我的路」，有「妨礙我」的意思。

核心
表現

· **get in** the room
進入房間

· **get in** my way
妨礙我

· The train **gets in**.
火車進站。

· **get in** the car
進入車內

· **get in** trouble
陷入麻煩

核心
例句

I can't **get in** the room. I've lost my key.
我沒辦法進房間，因為我把鑰匙弄丟了。

You'll **get in** trouble if you talk like that.
如果你一直這樣說的話，會惹禍上身。

get out 出去

04

get out 有「往外出去」之意，若是以〔get out of + 名詞〕的型態出現的話，則有「從～出來」的意思。

核心
表現

· **get out** of the car
從車子出來

· **get** me **out** of here
讓我離開這裡

· **get** the nail **out**
把釘子拔起來

· **get out** of the bad habit
脫離壞習慣

· **get out** of here
離開這裡

· **get** the ball **out** of the box
把球從盒子中拿出

· **get out** of my face
從我面前消失

核心
例句

Please, help me. **Get** me **out** of here.
請救我，讓我離開這裡。

Get out of my face! I don't want to see you again.
快從我面前消失！我不想再看到你。

get on 上到～、連接

表現出移動的 get 和有接觸意思的 on 共同使用時,有「上到～」的意思。

- **get on** the bus
  上公車
- **get on** my nerves
  觸動神經(令我神經緊張)
- **get on** the horse
  上馬
- **get on** the Internet
  連上網路

It's time to leave. **Get on** the bus!
該走了,上公車吧!

You are really **getting on** my nerves.
你真是讓我神經緊繃。

get off 分離、跳脫、出發

get 有「分離、剝奪」之意,和 off 一同使用時則有「跳脫」、「分離」的意思。

- **get off** at the next stop
  下一站下車
- **get off** me
  離我遠一點
- **get** the stains **off**
  清除(卸除)髒汙
- **get** your dirty hands **off** me
  把你的髒手從我身上拿開
- **get** the ring **off** his finger
  把戒指從他手中拿下
- **get off** (from) work
  下班

Let's **get off** at the next stop!
我們在下一站下車吧!

Get your dirty hands **off** me.
把你的髒手從我身上拿開。

How can I **get** these stains **off**?
我該怎麼把這些髒汙清除呢?

get away 離開、脫離

away 的意境有在遠距離慢慢消失的感覺，因此 get away 有「遠離」、「逃離」的意思。

· **get away** from me
離我遠一點

· **get away** with money
捲款潛逃

· **get away** from this stress
遠離壓力

· You can't **get away** with it!
你無法脫身的！

Get away from me. You're not my type.
離我遠一點，你不是我喜歡的類型。

He **got away** with the money.
他帶著錢逃跑了。

get together 聚集、集合

together 的意思為「一起」，get together 合在一起時則為「一起」、「聚集」的意思。

· **get together** for a drink
聚在一起喝酒

· **get** team members **together**
招集隊員們

· **get together** on the weekend
周末時在一起

· **get** back **together**
再次聚集

Why don't we **get together** for a drink today?
今天我們為何不聚在一起喝酒呢？

We **get together** once a month.
我們一個月見一次面。

get along 處得好、適合、有進展

along 有離開某對象或順應的意思，當 get along 一起使用時，有「處得來」、「適合」的意思，或是有「跟著～」、「順應」的意思。

 核心表現

· **get along** well with him (= have a friendly relationship with him)
跟他處得很好

· **get along** with each other 互相處得不錯

· **get along** with good friends 和好朋友們很合得來

· **get along** with English 英文有進步，有進展

 核心例句

I **get along** well with him.
我跟他處得來。

How are you **getting along** with your English?
你的英文有進步嗎？

get through 通過、經驗、結束

through 有「通過～」、「經歷」、「結束」的意思，所以 get through 也有「通過～」、「體驗」，get through with... 則有「結束～」的意思。

 核心表現

· **get through** the winter
度過冬天

· **get through** with her
和她分手

· The bill **gets through**.
通過法案。

· **get through** the test
通過考試

· **get through** to her
和她聯絡

 核心例句

Can I **get through** the way? 我能走過去嗎？
I **got through** with her. 我和她分手了。

11

get back 再次獲得、回來、退下

back 有「再次」、「往後」之意，get back 則有「再次獲得」、「往後移動」的意思。

核心表現

· **get** my money **back**
把錢還我

· **get** our country **back**
復國

· **get back** to you
晚點告訴你、再聯絡你

· **get back** from Japan
從日本回來

核心例句

Get back! Don't come near me.
退後！不要靠近我。

He devoted his life to **getting** our country **back**.
他把自己的生命奉獻，來收復國家。

12

get across 越過、瞭解

across 有「越過～」的意思，get across 也是有「越過～」之意；也用在意見溝通、相互間瞭解時的「讓～瞭解～」之意。

核心表現

· **get across** the bridge
走過橋梁

· **get** my ideas **across**
傳達我的想法

核心例句

We couldn't **get across** the bridge because of the flood.
因為洪水的關係，我們沒辦法過橋。

He is not good at **getting** his idea **across**.
他對於表達自己的想法不太在行。

get over 越過、克服、走過來

over 有「越過～」的意思，get over 有「越過～來～」，
除此之外也有「克服～」的意思。

- **get over** the fence
  越過柵欄
- **get over** a broken-heart
  克服傷心
- **get over** here
  過來這裡

- **get over** the trauma
  克服傷痛（或感情創傷）
- **get over** the obstacle
  克服障礙物

Get over here! You need to see this.
快過來！看看這個。

I don't know if she'll ever **get over** her broken heart.
不知道她能不能克服自己的感情創傷。

get to 到達～、去～

擁有「動作」意思的 get 和表示出方向「往～」、「到～」
的介系詞 to 一同使用，成為〔get to + 地點〕時，有「往～
去」、「抵達～」的意思。

- **get to** Seoul
  去首爾、抵達首爾
- **get to** school
  去學校

- **get to** work (= go to work)
  上班
- **get there (here)**
  去那裡（來這裡）

I usually **get to** work by bus.
我通常坐公車上班。

How did you **get here**?
你怎麼來這裡的？

★ 請先閱讀以下中文句子後，填入 get 的動詞片語來完成英文句子。

01. 我跟蘇珊有問題，她每次都妨礙我。
I've got a problem with Susan. She always _____ _____ _____ _____.

02. 我在這裡！幫我逃離這裡！
I'm here! _____ _____ _____ _____ here!

03. 我要怎麼做才能連上網路呢？
How can I _____ _____ _____ _____?

04. 這裡不安全，你必須要爬上山丘。
It's not safe here. You have to _____ _____ _____ _____.

05. 他正要下公車。
He was about to _____ _____ _____ _____.

06. 他們周末時聚在一起。
They _____ _____ on the weekend.

07. 他很容易跟其他人處得來。
He can easily _____ _____ _____ others.

08. 該進入正事了。
Let's _____ _____ _____ business.

09. 你何時下班？
When are you going to _____ _____ _____?

10. 我們必須離開這裡！
We need to _____ _____ _____ _____!

[Answers]
1. gets in my way **2.** Get me out of **3.** get on the Internet **4.** get up the hill
5. get off the bus **6.** get together **7.** get along with **8.** get down to **9.** get off work
10. get out of here

11. 我之後再跟你聯絡。

I'll _____ _____ _____ you later.

12. 我們處得很好。

We _____ _____ with each other.

13. 你覺得他何時回來？

When do you think he'll _____ _____?

14. 她最後終於戰勝了癌症。

She finally _____ _____ the cancer.

15. 我必須在三點前到機場。

I must _____ _____ _____ _____ before 3 o'clock.

16. 我們必須走過那座橋。

We need to _____ _____ the bridge.

17. 她想要脫離都市生活。

She wanted to _____ _____ _____ the city life.

18. 你何時退伍？

When did you _____ _____ _____ the army?

19. 你最好別碰她。

You had better _____ _____ _____ _____ her.

20. 我有話要對你說，來這裡。

I need to talk with you. _____ _____ here.

Unit 03

take

取得、帶走
take - took - taken

take 有「取得某物」的意思，大部分後面都會接
受詞，當作及物動詞使用，最常看到的意思是「擁
有」、「取得」、「把某物獲得後帶走」的意思，
〔take ＋ 物品〕有「把物品帶走」之意；〔take ＋
人〕則有「把人帶走」的意思。它和有「獲得」意
思的 get 些許不相同，最好能熟記這重要基本動詞
的用法。

take + 物品　取得（物品）、擁有、拿到

有把某個對象「帶走」、「取得」的意思，也和 choose 「選擇」、have「擁有」的意思相同。

核心
表現

· **take this**
拿著這個

· **take credit cards**
拿（使用）信用卡

· **take this dress**
選（買）這件洋裝

· **take bribes**
收賄賂

核心
例句

Take this doll. You can keep it. 拿著這娃娃，你可以留著。

I'll **take this dress**. It is beautiful. 我要這件洋裝，它好漂亮。

Do you **take credit cards**? 可使用信用卡嗎？

take + 物品　帶走

take 是進行某個行動後，把對象從一個地方帶到另一個地方，有著「帶走」、「搬動」的意思，和 bring「帶來」的意思相反。

核心
表現

· **take my money**
拿我的錢

· **take this chair** there
把椅子移到那邊

· **take it** to the kitchen
把它移到廚房

· **take the umbrella**
拿雨傘

· **take these boxes** upstairs
把這些箱子搬到樓上

· **take this cookie** to him
把餅乾拿給他

核心
例句

You should **take a sweater** with you. It's going to be cold today.
你最好帶件毛衣，今天會變冷。

Take this box to the kitchen.
把這箱子拿到廚房。

Could you **take this table** there for me?
你可以幫我把桌子搬到那裡嗎？

69

03

take +人、身體　抓住人、抓住身體部位

當 take 後面加上人或身體部位時，有「抓住該對象（catch）」的意思，尤其歷史劇中常聽到的「拿他性命」，也就是「殺死他（kill）」的意思。

核心表現

- **take him**
  抓住他（殺死他）
- **take her hand**
  抓住她的手
- **take a pick pocketer**
  抓住扒手
- **take his life**
  取他性命（殺死他）

核心例句

Take that pick pocketer! He took my money.
抓住那個扒手！他偷了我的錢。

Take my hand. Don't let it go.
抓緊我的手，不要放開。

04

take +人　帶人來、把～帶來

take 後加上人，有「把該人帶往某處」的意思，通常會和表示「往哪裡」，顯示方向的 to 一起使用。

核心表現

- **take my son** to school
  帶我兒子去學校
- **take her** to the restaurant
  帶她去餐廳
- **take her** home by car
  用車帶她回家
- **take her** to the airport
  帶她去機場
- **take my baby** to the babysitter
  帶我小孩去褓姆
- **take her** out for dinner
  帶她去吃晚餐

核心例句

I usually **take my son** to school in the morning.
早上我通常會帶兒子去學校。

Can you **take her** to the airport?
你可以帶她去機場嗎？

05

take + 時間　花費時間

take 後加時間代表「取得時間」，也就是「花費時間」的意思，通常會使用「做～耗費了～時間」的〔It takes +（人）+ 時間 + to〕表示。

核心表現

· **take thirty minutes**
　花了三十分鐘

· **take too much time**
　花太多時間

· **take a few minutes**
　花幾分鐘

· **take an hour**
　花了一小時

· **take long**
　耗費太久時間

· **take your time**
　慢慢來

核心例句

It will **take thirty minutes** to get there by subway.
坐地鐵過去需要花三十分鐘。

May I talk with you? It won't **take long**.
我可以跟你聊聊嗎？不會太久。

Take your time. We have plenty of time.
慢慢來，我們時間充裕。

06

take + 搭乘、交通工具　使用交通工具

take 後加上交通工具，有「利用該交通工具」的意思，不限於使用大眾交通工具，手扶梯、電梯也可以使用。

核心表現

· **take a bus**
　坐公車

· **take a plane**
　坐飛機

· **take a taxi**
　坐計程車

· **take an elevator**
　坐電梯

· **take a subway**
　坐地鐵

· **take an escalator**
　搭手扶梯

核心例句

Let's **take a taxi**. We don't have enough time.
坐計程車吧，我們時間不夠。

I don't want to take the stairs. I will **take the elevator**.
我不想要走樓梯，我要搭電梯。

71

take + 意見、想法　接受意見或想法

07

有著「採用」意思的 take，常被使用在「接受」別人意見或想法上，和前面所學過的 get 使用方式相似。

核心
表現

· **take a joke**
　禁得起玩笑

· **take his advice**
　接受他的建議

· **take me** wrong (= get me wrong)
　誤會我

· **take her opinion**
　接受她的意見

· **take it** seriously
　很慎重的看待

· **take a positive view**
　擁有積極的看法

核心
例句

Can't you **take a joke**?
你禁不起玩笑嗎？

I always try to **take a positive view** of life.
我總是努力地積極看待人生。

take + 考試、課業　考試、上課

08

take 後面加上考試或課程等受詞時有「考試」、「聽相關課程」的意思。

核心
表現

· **take an exam**
　考試

· **take a TOEIC test**
　考多益

· **take an English class**
　上英文課

· **take a final exam**
　考期末考

· **take a yoga class**
　上瑜珈課

· **take physics**
　上心理學

核心
例句

I **took a TOEIC test** last weekend and I got a score of 850.
上個禮拜考多益，我考了八百五十分。

I want to get in shape, so I will **take a yoga class**.
為了雕塑身材，我會去上瑜珈課。

09

take + 名詞　做～

take 後可加上許多不同的名詞為受詞，並有著「做～」之意，此時跟表示「獲得～」或「擁有」意思的 get 或 have 相似。

核心
表現

· **take a picture**
拍照

· **take a nap**
睡午覺

· **take a bath**
洗澡

· **take a trip to (= travel to + 地點)**
到～旅遊

· **take one's temperature**
量體溫

· **take the blame**
承擔責任

· **take a risk**
承擔風險

· **take a seat (= have a seat)**
坐下

· **take a rest (break)**
休息

· **take a different stance (position)**
站在不同的立場

· **take a walk (stroll)**
散步

· **take a shower**
沖澡

· **take a vacation**
休假

· **take medicine**
服（吃）藥

· **take a deep breath**
深呼吸

· **take the lead (= take the initiative)**
領先、以身作則

· **take revenge**
報復

· **take action (= take steps)**
動作（行動）

· **take a hard line**
採取強硬路線

核心
例句

Can I **take a picture** of you?
我可以幫你拍張照嗎？

I need to **take this medicine** three times a day after a meal.
這個藥我必須一天吃三次，飯後服用。

I am tired. I need to **take a nap**.
我好累，需要睡一下。

★ 請先閱讀以下中文句子後，填入 take 來完成英文句子。

01. 這個不錯，我要這個。

This is good. I'll _____ _____.

02. 抓好繩子後拉扯。

_____ _____ _____ and pull it.

03. 幫忙看一下這個。

Take a _____ _____ this.

04. 一起散步吧。

Let's _____ _____ _____.

05.（你）慢慢來，不需要趕。

_____ _____ _____. You don't have to hurry.

06. 為了你的健康，必須要吃維他命 C。

You _____ _____ _____ Vitamin C to be healthy.

07. 我明天要考多益。

I'm going to _____ _____ _____ _____ tomorrow.

08. 我上周末坐火車到水原。

I _____ _____ _____ to go to Suwon.

09. 拜託請帶我走。

Please _____ _____ with you.

10. 他帶我們去動物園。

He _____ _____ _____ the zoo.

[Answers]
1. take this   **2.** Take the rope   **3.** look at   **4.** take a walk   **5.** Take your time
6. have to take   **7.** take a TOEIC test   **8.** took a train   **9.** take me   **10.** took us to

11. 不要把他說的話看得太嚴肅。

Don't _____ _____ _____ _____ _____.

12. 他把我的心搶走了。

He _____ _____ _____.

13. 別忘記帶雨傘。

Make sure to _____ _____ _____ with you.

14. 我上班通常坐地鐵。

I usually _____ _____ _____ to get to work.

15. 到那裡需要多久時間？

How long _____ _____ _____ to get there?

16. 深呼吸後慢慢吐氣。

_____ _____ _____ _____ and let it out slowly.

17. 他帶她去了不錯的餐廳。

He _____ _____ to the nice restaurant.

18. 他上班須要花很長一段時間。

It _____ him _____ _____ _____ to get to work.

19. 麻煩花一些時間填寫調查。

Please _____ _____ _____ _____ to respond to this survey.

20. 我昨天考英文。

I _____ _____ _____ _____ yesterday.

[Answers]
11. take his word so seriously **12.** took my heart **13.** take an umbrella **14.** take a subway
15. does it take **16.** Take a deep breath **17.** took her **18.** took, too much time
19. take a few minutes **20.** took an English test

75

Unit 04

take

take 相關動詞片語

和 take 相關的動詞片語大部分皆有「採取～行動」，以後面介系詞的意思為核心重點。take 為及物動詞時會直接使用後方受詞的意思，但出現 take off 不及物動詞時則有「出發」、「起飛」的意思。

01

take off 撕開、分開

take off 有拿該對象（take）、使之分離（off），因此有「撕開」、「分開」的意思。如「脫衣服」是將衣服從身上脫掉，是最好的例子。

核心表現

· **take** a day **off**
休息（拿掉）一天

· **take off** the tape
把膠帶撕掉

· **take** it **off**
把它拿開

· **take off** now
現在出發

· **take** your socks **off**
把你的襪子脫掉

· **take** your hands **off** her
把你的手從她身上拿開

核心例句

I need to **take** a day **off** tomorrow.
我明天要休息一天。

Don't move! There's a spider on your head! I'll **take** it **off**.
不要動！有一隻蜘蛛在你頭上！我幫你把牠拿掉。

Take your dirty hands **off** (of) her!
把你的髒手從她身上拿開！

02

take out 往外帶走、拿出來

take out 有「將某對象往外帶走」的意思，所以把人往外帶走或把物品拿出來的動作都可算在內。

核心表現

· **take** her **out**
把她帶出去

· **take out** a book
把書帶走（借走）

· **take out** the stitches
拆線

· **take out** the garbage (trash)
把垃圾拿出去

· **take out** the stain (mole)
消除髒汙（痣）

· **take** his anger **out** on me
他向我發脾氣

核心例句

He **took** her **out** to a movie.
他帶她去看電影。

How can I **take out** the stain on my shirt?
該怎麼清除我襯衫上的髒汙呢？

77

take up 往上拿取、舉起

up 有「往上」及強調「完全」的意思，take up 有「往上拿取」、「拿著舉起」的意思，更有「開始著手工作」、「擁有時間或地點」之意。

核心表現

· **take** it **up**
把它拿起來、開始

· **take up** too much space
佔太多空間

· **take up** tennis
開始打網球

· **take up** a lot of time
佔用太多時間

核心例句

I'll **take up** tennis to lose weight.
我會開始打網球減重。

The furniture **takes up** too much space.
家具佔了太多空間。

take down 拿下來、使～倒下

down「往下」和 take 一起使用時有「往下拿」的意思，經常用於「往下放」、「撕開（拆解）」、「寫下（write down）」的意思。

核心表現

· **take down** the box
把盒子拿下來

· **take down** a tent
拆除帳篷

· **take down** the computer
拆解電腦

· **take** pants **down**
把褲子脫下

· **take** him **down**
把他壓倒

· **take down** his name
寫下他的名字

核心例句

Can you **take down** the box from the shelf?
可以幫我把置物架上的箱子拿下來嗎？

He **took down** his computer to fix it.
他為了修理電腦而把它拆了。

take away （遙遠地）帶走、消失

當 away「遠」和 take「帶往遠處」一起使用時有「將～帶往遠處」之意,也可解釋為「消失」、「不見」。

· **take** him **away**
把他帶走

· **take** the garbage **away**
把垃圾丟掉

· **take** my breath **away**
令我無法呼吸

· **take** the camera **away** from my face
把照相機從我面前拿走

· **take** the gun **away**
把槍拿走

· **take** the pain **away**
把傷痛帶走、停止痛苦

Don't take a picture! **Take** the camera **away** from my face.
不要拍照!把照相機從我面前拿走。

Take this medicine. It helps **take** the pain **away**.
吃藥吧,它能降低你的痛苦。

When I saw her, she **took** my breath **away**.
當我看到她時,令我無法呼吸。

take over 繼承、接替

over「～超越」和 take 一起使用時有「接替任何事或事業」等之意。

· **take over** the business from his father
繼承爸爸的事業

· **take over** the throne
繼承皇冠

· **take over** the job
接手工作

· **take over** the company
接手公司

He **took over** the business from his father.
他繼承了爸爸的事業。

The prince **took over** the throne.
王子繼承了王位。

07

take back 重新獲得、取消

back 有「再次」之意，和 take back 一同使用則有「再次獲得」的意思。此外也有「（說話）取消」、「重新獲得」、「交還」等意思。

核心表現

· **take back** what I said
取消我所說過的話

· **take** it **back**
把它收回

· **take** it **back** to the kitchen
把它拿回廚房

· **take** her **back** to Seoul
把她帶回首爾

· **take** the book **back**
還書

· **take** a step **back**
往後一步

核心例句

I'm sorry. I'll **take back** what I said.
對不起，我收回我剛說過的話。

Can you **take** this plate **back** to the kitchen?
你能幫我把盤子拿回廚房嗎？

Take these books **back** to the library.
把這些書還給圖書館。

---

take apart 分解

08

take apart 有取某對象（take）拆解（apart）之意，帶有「分解」或是「解開（分析）」的意思，另外也有「戰勝」、「贏過」的意思。

核心表現

· **take** the machine **apart**
拆解機器

· **take** the body **apart**
解剖身體

核心例句

I **took** the radio **apart** out of curiosity.
由於好奇心，我把收音機拆解了。

They **took** the body **apart** to figure out the cause of death.
他們為了查出死因而解剖身體。

take + 名詞 + 介系詞　其他動詞片語

09

以下整理了日常生活中經常使用的 take 動詞片語。

核心表現

- **take care of**
  照顧～
- **take a look at**
  觀看～
- **take part in**
  參與～
- **take note of**
  筆記～
- **take advantage of**
  利用～、活用～

- **take charge of**
  管理～、負責～
- **take responsibility for**
  負～責任
- **take the trouble to**
  努力～做事
- **take pride in**
  驕傲～
- **take pity on**
  憐憫～

核心例句

She **took good care of** my baby.
她把我的孩子照顧得很好。

You have to **take responsibility for** your actions.
你必須要對你的行為負責。

If you are busy, don't **take the trouble to** come here.
如果你很忙，那就不需要麻煩過來一趟。

You are great. **Take pride in** yourself.
你很棒，應該要為自己感到驕傲。

● **自我檢測！** 動動腦，看圖連連看，找出適合的搭配用法！

·

· take her out

·

· take up

[Answers]	take her out	take up
	把她帶出去	往上拿取

★ 請先閱讀以下中文句子後，填入 take 動詞片語來完成英文句子。

01. 我要把這個痣用掉。

I'll _____ _____ this mole.

02. 我每天都會倒垃圾。

I _____ _____ _____ _____ _____
everyday.

03. 請往後靠一步。

_____ _____ _____ back.

04. 你來看一下，它長的好奇怪。

_____ _____ _____ _____ this. It looks weird.

05. 我明天想休息一天。

I want to _____ _____ _____ _____ tomorrow.

06. 她美麗到令我無法呼吸。

She was so beautiful and she _____ _____ _____
_____.

07. 把你襯衫上的灰塵拍掉。

_____ _____ _____ _____ your shirt.

08. 他將會接管我們公司。

He will _____ _____ our company.

09. 牙醫把我的牙齒拔掉。

The dentist _____ _____ _____ _____.

10. 你為何不帶她回家？

Why don't you _____ _____ _____ _____?

[Answers]
1. take out **2.** take away (out) the trash can **3.** Take a step **4.** Take a look at
5. take a day off **6.** took my breath away **7.** Take the dust off **8.** take over
9. took my tooth out **10.** take her back home

11. 收回你所說的。

_____ _____ what you said.

12. 把箱子裡的球拿出來。

_____ _____ _____ _____ _____ the box.

13. 你可以拆解這個機器嗎？

Can you _____ _____ this machine?

14. 我想要還這本書。

I would like to _____ _____ _____ _____.

15. 我來處理這件事。

I will _____ _____ _____ this.

16. 飛機在三十分鐘前起飛了。

The plane _____ _____ 30 minutes ago.

17. 我不想要浪費你的時間。

I don't want to _____ _____ _____.

18. 你應該要為你的兒子感到驕傲。

You must _____ _____ _____ _____ your son.

19. 她放假時參加了滑雪營。

She _____ _____ _____ a ski-camp during the vacation.

20. 我想把我臉上的痣用掉。

I want to _____ _____ the mole on my face.

[Answers]
11. Take back   **12.** Take the ball out of   **13.** take apart   **14.** take this book back
15. take care of   **16.** took off   **17.** take (up) your time   **18.** take great pride in
19. took part in   **20.** take out

Unit 05

have

擁有、持有
have - had - had

have 是可表現出「擁有」狀態的動詞，可用在個性、能力、疾病等，也有「收到」、「吃」等動作的意思。「have + 名詞」使用時，能展現出許多不同的行動，但所有的解釋都有 have 的原意「有」的意思。

have 擁有～、持有～

01

have 有「擁有～」的意思，have 表現出持有的狀態時，無法使用現在進行式（be + V-ing）。

核心
表現

· **have five members** in my family　家裡共有五個人
· **have one brother and two sisters**　有一個哥哥和兩個妹妹
· **have a dog** named Happy　有一隻名叫 Happy 的狗
· **have a luxurious car**　有一台高級房車
· **have two laptop computers**　有兩台筆記型電腦

核心
例句

I **have** five members in my family.　我家一共有五個人。
I **have** a dog named Happy.　我養了一隻名叫 Happy 的狗。

have 擁有（身體上的特徵）

02

have 和身體的特徵或體型、型態等名詞一起使用時，有「擁有（身體的特徵）」之意，have got 也和 have 有相同的意思。

核心
表現

· **have dark skin (tanned skin)**
　有黑皮膚

· **have a good voice**
　有好嗓音

· **have a good body (figure)**
　有好身材

· **have a baby face**
　有童顏（娃娃臉）

· **have fair skin**
　有白皮膚

· **have beautiful eyes**
　有漂亮的眼睛

· **have straight hair**
　有直髮

· **have a six pack**
　有六塊肌

核心
例句

She **has** a baby face and a good body.
她有著童顏和好身材。

She **has** long straight hair and blue eyes.
她有長直髮和藍眼睛。

85

have + 個性、習慣　具有的個性、習慣

03

通常在説一個人的個性時會用〔be 動詞 + 形容詞〕的型態
或〔have + 形容詞 + 名詞〕來表示，have 有表現出「擁
有何種個性」的意思。

 核心
表現

· **have a good personality (character)** 個性很好
· **have a hot (quick) temper** 個性很急
· **have an easygoing personality** 個性很隨和
· **have good manners** 有禮貌
· **have a good appetite** 食慾很好

 核心
例句

He **has a hot temper**. He gets angry easily.
他個性很急躁，很容易生氣。

I like someone who **has good manners**.
我喜歡有禮貌的人。

have + 情感名詞　有～的情緒、感覺

04

have 後面若接帶有情感的名詞，則有「感覺到～情緒」的
意思。

 核心
表現

· **have mixed feelings**
　有著複雜情感、苦樂參半
· **have a bad feeling** about this
　對它有不好的感覺
· **have guts (courage)**
　有勇氣

· **still have feelings** for her
　對她還有感情
· **have a hunch**
　有第六感、有感覺
· **have a heart**
　心地善良

 核心
例句

I **have mixed feelings** about quitting school.
我對於退學苦樂參半。

He broke up with her but he still **has feelings** for her.
他跟她分手，卻還是對她有感情。

have + 才能、能力　擁有才能（能力）

05

have 後加上才能或能力的名詞，表示「擁有該才能、能力」的意思。

核心表現

- **have a good memory**
  有好的記憶力
- **have an aptitude** for drawing
  有繪畫天分
- **have an eye** for beauty
  有審美眼光
- **have a sense of humor**
  有幽默感

- **have a good hand**
  有好的手藝
- **have good concentration**
  有好的集中力
- **have a head** for math
  有數學頭腦
- **have a sense of style (fashion)**
  有自我風格（時尚）

核心例句

He **has a good memory**. 他的記憶力很好。
She is very funny. She **has a good sense of humor**.
她很有趣，很有幽默感。

have + 時間名詞　擁有～時間、度過

06

有「擁有～時間」、「度過～時間」的意思，〔have hard time (difficulties, troubles + V-ing)〕則有「因～受苦」的意思。

核心表現

- **have a good time**
  度過愉快的時間
- **have fun** at the party
  在派對上玩得開心
- **have difficulties** finding this office
  找這間辦公室時碰到不少困難

- **have a nice weekend**
  周末愉快
- **have a hard time** in the army
  在軍隊中受苦
- **have trouble** sleeping
  有睡眠問題

核心例句

We **had a good time** at the swimming pool.
我們在游泳池度過愉快的時間。

I didn't **have any difficulties** finding this office.
在找這辦公室時，我並沒有碰到任何困難。

07

have 有（病痛、症狀等）

〔have + 病名〕有「罹患某病」的意思，和 suffer from「因罹患～而痛苦」的意思相同。

 核心 表現
- **have a headache** 頭痛
- **have a bad cold** 重感冒
- **have a fever and a cough** 高燒、咳嗽
- **have a sore throat** 喉嚨痛
- **have a pain in my shoulder** 肩膀痠痛
- **have a runny nose** 流鼻水
- **have loose bowels (= have diarrhea)** 拉肚子
- **have insomnia** 失眠

 核心 例句

I **have** a fever and runny nose. 我發燒、流鼻水。
I **have** a pain in my shoulder. 我肩膀痠痛。

08

have + 食物 吃～、喝～

當 have 後方加上食物的名詞時，有 eat「吃」、drink「喝」的意思。

 核心 表現

- **have breakfast**
  吃早餐
- **have a drink (beer)**
  喝酒（啤酒）
- **have a meal**
  吃飯

- **have a sandwich** for lunch
  午餐吃三明治
- **have some coffee**
  喝咖啡
- **have a snack**
  吃點心

 核心 例句

I **had a sandwich** for lunch today.
我今天午餐吃了三明治。

Let's **have a drink** after work.
我們下班後喝一杯吧。

have + 工作、活動等　有（工作、活動等）

09

have 後加上時間、約定、工作或活動等時，代表「有約定」、「有約會」的意思。

核心表現

· **have a meeting**
　有會議

· **have a class**
　有課

· **have time**
　有時間

· **have a date** with her
　跟她有約

· **have a party**
　有派對

· **have an appointment**
　有預約（和醫生等）

核心例句

I **have a meeting** at 5 o'clock. 我五點有會議。
Do you **have time** tomorrow? 你明天有空嗎？

have + 爭吵　吵架、鬥嘴

10

〔have + 爭論、問題〕等名詞接在 have 後，有「有爭論等」的意思。

核心表現

· **have a fight**
　吵架

· **have a quarrel**
　爭吵

· **have a snowball fight**
　打雪仗

· **have an argument**
　爭吵、鬥嘴

· **have some problems** with my wife
　和我太太之間有問題

核心例句

He **had a big fight** with his best friend.
他和他最好的好朋友大吵一架。

I don't want to **have an argument** with you.
我不想跟你起爭執。

have + 名詞　接受～

11

have 大部分用於表達擁有的情況，但也可以用來表示感覺到動作性的「接受」之意。

核心
表現

- **have a business card**
  收到名片
- **have the same**
  收到一樣的
- **have your name**
  收到姓名（知道姓名）
- **have a good education**
  接受好的教育

核心
例句

Can I **have your business card**?
我能跟你要一張名片嗎？

I'll **have the same**.
請給我一樣的。

---

have + 手術或治療　接受（手術等）

12

have 後加上手術或治療等用語時，有「接受手術等的治療」之意。

核心
表現

- **have plastic surgery**
  接受整形手術
- **have a hair (heart) transplant**
  接受殖髮（換心）
- **have a checkup**
  接受診斷
- **have a massage**
  接受按摩

核心
例句

I want to **have plastic surgery**.
我想做整型手術。

Do you know a place where I can **have a massage** here?
你知道哪裡可以去按摩嗎？

13

have + 思考方式　擁有～的思考方式

have 後加上思考方式、意見或態度等時,有「抱持～的想法等」的意思。

核心表現

· **have a different point of view**
有不同的看法

· **have a negative attitude**
有負面的態度

· **have a burden**
有負擔

· **have positive thoughts**
有積極的想法

· **have a dream**
有夢想

· **have a doubt**
有懷疑

核心例句

I **have a different point of view** from yours.
我跟你有不同的意見。

I **have no doubt** she will get the first prize.
我毫不懷疑她會得第一名。

14

have + 身體、興趣　與～相同

外觀或個性相同時可用 have 或 get,如 have (get) someone's nose「擁有～的鼻子」來表示。

核心表現

· **have your father's nose**
鼻子像爸爸

· **have my father's personality**
個性像爸爸

· **have your mother's eyes**
眼睛像媽媽

· **have the same taste** in men
男性們的喜好都相同

核心例句

I **have my mother's personality** but my father's looks.
我有媽媽的個性但外表長得像爸爸。

We **have the same taste** in men.
我們男性們的喜好都相同。

91

have + 機會、計畫、理由
有機會、計畫、理由等

chance「機會」、plan「計畫」、reason「理由」後面加
to 不定詞時，表示「因有～的機會、計畫、理由等」意
思。

15

核心
表現

· **have a chance** to go overseas　有機會可以到國外
· **have a plan** to join the club　有計畫加入俱樂部
· **have no reason** to help her　沒有理由幫助她
· **have no choice (option)** but to do it　別無選擇，只能去做
· **have no authority** to do it　沒有權限去做

核心
例句

He **had a chance** to go overseas for free.
他有機會可免費到國外。

I **have no reason** to help her.
我沒有理由幫助她。

have + 不定代名詞 + to 不定詞　將要～

〔have + 不定代名詞 + to 不定詞〕的型態在會話中經常
會使用到，to 不定詞可修飾不定代名詞，可解釋為「將要
做～（某事）」。

16

核心
表現

· **have something to tell** you
　有話要告訴你
· **have something to show** you
　有東西要給你看

· **have something to eat / drink**
　有東西可吃／喝
· **have anything to read**
　有東西可讀

核心
例句

I **have something to show** you.
我有東西要給你看。

Do you **have anything to read**?
你有沒有什麼東西可閱讀的？

17

have + 天氣　～的天氣

表示天氣時會用非人稱的主語 it，但也可以用〔We have + 天氣〕的型態，這裡的 we 可以不必翻成一般主語的「我們」。

核心表現

· **have rain**
下雨

· **have hurricane**
有暴風雨

· **have lightning**
閃電

· **have snow**
下雪

· **have thunder**
打雷

· **have fog**
有霧

核心例句

We **have** a lot of **rain** in June.
六月時下很多雨。

We **had** a lot of **snow** last winter.
去年冬天下了很多雪。

18

have + 對話　進行對話等的動作

have 後面加上對話時，可表示「進行對話」的意思。

核心表現

· **have a talk (word)** with you
跟你說話

· **have a conversation**
對話

· **have a chat**
聊天

· **have a discussion** with
跟～討論

核心例句

Can I **have a talk** with you?
我可以跟你談一下嗎？

We will **have a discussion** about it later.
這個我們等一下再討論。

93

have + 行動　採取行動

19

have 後方若出現表示行動的名詞，有「進行～」的意思。

核心
表現

· **have a break (rest)**
　休息

· **have a peep** at her
　偷看她

· **have a heart**
　發慈悲

· **have a bath (= take a bath)**
　洗澡

· **have nothing** to do with
　跟～沒有關聯

· **have had it**
　受夠了

核心
例句

It **has noting** to do with me.
這跟我沒有任何關係。

Have a heart, please.
請發慈悲。

have + 人 + 動詞原型　做～、命令

20

have 和代表的使役動詞 let、make 一同使用時有「要～做～」的意思，當使用使役動詞時須用〔have + 人 + 動詞原型〕的型態。

核心
表現

· **have him pay** for it
　讓他來付帳

· **have her take** the picture
　要她來拍照

· **have him sing** at the wedding
　讓他在婚禮時唱歌

· **have her clean** up the mess
　要她來清理髒亂

核心
例句

Let's **have him pay** for it this time.
這次就讓他來付帳吧。

Why don't you **have her clean** up the mess?
為何不讓她來清理髒亂？

21

have + 事物 + p.p.　盡量讓～、遭受

〔have + 事物 + p.p.〕的受詞（事物）和受詞補語的關係
為被動時，意思可解釋為「盡量讓～」、「遭受～」。

核心
表現

· **have my hair cut** once a month
我盡量一個月剪一次頭髮

· **have my tooth pulled out**
讓牙齒拔除（拔牙）

· **have my car repaired**
讓車子修理（修車）

· **have my wallet stolen**
皮夾被偷

核心
例句

I **have my hair cut** once a month.
我一個月剪一次頭髮。

I have a cavity. I need to **have it pulled out**.
我有蛀牙，我需要拔掉它。

● **自我檢測！**　動動腦，看圖連連看，找出適合的搭配用法！

· · have a bath

· · have a sandwich

· · have a fight

| [Answers] | have a sandwich
吃三明治 | have a fight
吵架 | have a bath
洗澡 |

95

★ 請先閱讀以下中文句子後，填入 have 來完成英文句子。

01. 我們家一共有四個人。

I _____ _____ _____ in my family.

02. 我家有養一隻狗。

I _____ _____ _____ in my house.

03. 你今天有時間跟我吃晚餐嗎？

Do you _____ _____ _____ _____ dinner with me today?

04. 我的手機有問題。

I _____ _____ _____ with my cell phone.

05. 我在關島度過愉快的時光。

I _____ _____ _____ _____ at Guam.

06. 她有著長直髮。

She _____ _____ _____ _____.

07. 你為何不讓他們在演唱會時唱歌？

Why don't you _____ _____ _____ at the concert?

08. 我的記憶力不好。

I don't _____ _____ _____ _____.

09. 他有幽默感。

He _____ _____ _____ of humor.

10. 我弟弟有繪畫天分。

My brother _____ _____ _____ _____ drawing.

[Answers]
1. have four members (people) 2. have a dog 3. have time to eat 4. have some problems
5. had a good time 6. has long straight hair 7. have them sing 8. have a good memory
9. has a sense 10. has a talent for

11. 我早餐吃吐司和果汁。

I _____ _____ _____ _____ _____
breakfast.

12. 我能跟你要一張名片嗎？

Can I _____ _____ _____ _____?

13. 我頭痛。

I _____ _____ _____.

14. 你周末過得愉快嗎？

Did you _____ _____ _____ _____?

15. 我必須修理我的車。

I need to _____ _____ _____ _____.

16. 你周末有空嗎？

Do you _____ _____ _____ _____?

17. 你有打折卡嗎？

Do you _____ _____ _____ _____?

18. 我五點有課。

I _____ _____ _____ at five o'clock.

19. 可以給我一個起士漢堡嗎？

Can I _____ _____ _____ _____?

20. 這件事情和我沒有任何關係。

I _____ _____ _____ _____ with this.

[Answers]
11. had toast and juice for   **12.** have your business card   **13.** have a headache
14. have a good weekend   **15.** have my car repaired (fixed)   **16.** have time this weekend
17. have any discount card   **18.** have a class   **19.** have a cheese burger
20. have nothing to do

Unit 06

make

讓～、使～

make - made - made

make 後加上食物時，有製作該物品或有組合行
為的「製作」之意，是一般最常看到的意思，另
外 make 的其他意思也有「讓別人做某事」，表示
「指使」或是「做成某種狀態」。

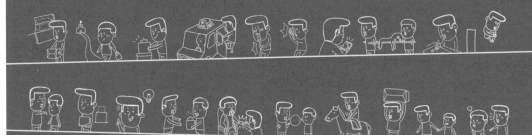

01

make + 一般名詞　製作

「製作」是 make 最常出現的意思，表示有製作具體的事物或組合的行為。

核心表現

· **make a desk**
做桌子

· **make a book**
製作書本

· **make a movie**
製作電影

· **make a snowman**
堆雪人

核心例句

My father **made a desk** for me.
爸爸做了一個書桌給我。

We **made a snowman** and had a snowball fight.
我們堆雪人和打雪仗。

02

make + 食物　製作食物、料理

我們所說的「料理」即是「製作食物」，在英文中也可用 make 來代替 cook。

核心表現

· **make breakfast / lunch / dinner**
做早餐／中餐／晚餐

· **make cookies**
做餅乾

· **make some soup**
煮湯

· **make some coffee / tea**
泡咖啡／茶

核心例句

I **make breakfast** on Sundays.
禮拜天我自己做早餐。

Sometimes, I **make some coffee** for customers.
有時候我會為顧客泡咖啡。

03 **make** + 交情等　建立交情、人際關係等

make 有「建立氣氛或人際關係」的意思。

核心
表現

- **make friends**
  交朋友
- **make a toast**
  舉杯、乾杯

- **make a good impression** on them
  給他們有很好的印象
- **make my day**
  自己的一天、讓我自己充實高興

核心
例句

He tried to **make a good impression** on the interviewers.
他努力在面試官面前留下好的印象。

Let's **make a toast** to the bride and the groom.
我們舉杯敬新郎新娘。

You **made my day**.
你讓我度過愉快的一天。

04 **make** + 契約、約定等　有契約、約定

make 後加上約定或契約等名詞時，有「進行（約定或契約等）」之意。

核心
表現

- **make a contract**
  制定契約
- **make an appointment**
  預約（門診等）

- **make a promise**
  約定（個人的）
- **make a reservation**
  預定（飯店等）

核心
例句

Once you **make a promise**, you shouldn't break it.
既然約定了，就不應該毀約。

I want to **make a reservation** for dinner tomorrow night at six.
我想預定明天晚上六點的晚餐。

05

make + 努力、嘗試等　做出努力、嘗試等

make 後加上努力、嘗試相關的名詞時，有「付出努力、嘗試等」的意思。

核心表現

· **make an effort**
努力

· **make an attempt**
嘗試

· **make every effort**
盡全力

核心例句

I will **make every effort** to get my work done by tomorrow.
我會盡全力在明天之前完成我的工作。

He **made an attempt** to save her.
他嘗試著去救她。

06

make + 意思（想法）等
表現出意思（想法）等

make 後加上意思（想法）或道歉、解釋等名詞時，有「表現出～」的意思。

核心表現

· **make a presentation**
發表

· **make an apology**
道歉

· **make a decision**
決定、決心

· **make a speech**
演講

· **make an excuse**
辯解

· **make a vow**
發誓

· **make a comment**
評論

· **make a confession**
坦白

核心例句

She is going to **make a presentation** at the meeting.
她在會議時要進行發表。

I'm not in a position to **make a decision** about it.
我所處的職位無法對它做決定。

07

make + 問題、騷動　製造問題、紛爭

當「製造原因」之意的 make 後加問題或騷動等名詞時，有「引發（問題點）」的意思。

 核心表現

· **make trouble**
引發問題

· **make an error**
引起錯誤

· **make war**
引起戰爭

· **make a problem**
惹麻煩

· **make a disturbance**
引起騷動

· **make a mistake**
犯錯

· **make a noise**
發出噪音

· **make a fuss**
引發爭吵

 核心例句

I don't want to **make trouble** with them.
我不想要跟他們有任何問題。

Be quiet! Don't **make a noise**.
安靜！不要製造噪音。

08

make + 金錢　製造金錢、獲得利益

〔make + 錢〕有「製造錢」的意思，也就是「賺取金錢（利益）」。

 核心表現

· **make a billion won** a year
一年賺十億韓元

· **make a fortune**
賺大錢

· **make a profit**
賺取利益

· **make a lot of money**
賺很多錢

· **make a living**
維持生計

 核心例句

She **makes a billion won** a year.
她一年可賺十億韓元。

She **makes a living** by fixing computers.
她靠著修理電腦來維持生計。

09

make + 發展、成果、差異等
實現建設、實現成果

make 除了「製造」之意外,也有「完成發展或成果」的意思。

核心
表現

· **make progress**
發展、進步

· **make an advance**
進步

· **make peace**
和平

· **make great strides**
大有進步

· **make a difference**
有所差異

核心
例句

We've **made great strides** in our economy.
我們的經濟大有進步。

The accident **made a** big **difference** to her life.
那個意外讓她的人生有很大的轉變。

10

make + 人 + 事物 給~做~

〔make + 受詞(主要人物)+ 受詞〕時,有「要某人做某事」的意思,也可換成〔make + 事物 + for + 人〕的型態使用。

核心
表現

· **make me coffee**
幫我泡咖啡

· **make us delicious food**
幫我們做好吃的食物

· **make them cookies**
幫他們做餅乾

· **make my son a shake**
幫我兒子做奶昔

核心
例句

Can you **make me some coffee**?
你可以幫我泡咖啡嗎?

She **made us delicious food**.
她幫我們做好吃的食物。

11

make + 名詞 + 動詞原型　讓～

make 為最具代表的使役動詞，以〔make + 受詞 + 動詞原型〕的型態則有「讓～做～」的意思。

核心
表現

· **make me smile / laugh**
讓我微笑／大笑

· **make my mouth water**
讓我吞口水

· **make me quit** the job
讓我辭掉工作

· **make me look** fat
讓我看起來肥胖

核心
例句

He is my best friend. He always **makes me smile**.
他是我摯友，他總是能讓我發笑。

The cake **made my mouth water**.
蛋糕令我吞口水。

12

make + 名詞 + 形容詞　令～變成～

〔make + 名詞 + 形容詞〕中補語為形容詞時，有「令～變成～」的意思。

核心
表現

· **make me happy**
令我快樂

· **make me crazy**
令我瘋狂

· **make me angry**
令我生氣

· **make the coffee strong**
令咖啡濃一些

核心
例句

Don't **make me angry**.
別惹我生氣。

Don't **make her sad**. Don't **make her cry** again.
別讓她傷心，別讓她再哭泣。

13

make + 名詞　做出～行為

〔make + 名詞〕可表現出該動作或行為。

核心
表現

- **make a fire**
  生火
- **make a photocopy of this**
  影印這個
- **make a phone call**
  打電話
- **make a plan**
  定計畫
- **make a choice (= choose)**
  做選擇
- **make a law**
  制定法律
- **make a request**
  提出請求
- **make a list**
  列名單
- **make a rule**
  定規則
- **make a delivery**
  外送

- **make time**
  空出時間
- **make a fool of me (= make fun of me)**
  取笑我
- **make a detour**
  迂迴
- **make sense**
  有道理
- **make haste**
  趕快行動
- **make a feast**
  宴席
- **make a proposal (= propose)**
  提案
- **make the bed**
  鋪床
- **make a face**
  做鬼臉

核心
例句

It's getting cold. Let's **make a fire**.
愈來愈冷了，我們來生火吧。

Cay you **make a photocopy of this** for me?
你可以幫我影印這個嗎？

105

make up 製作、和解

有「完全」之意的 up，和 make 一起使用時有「完全做～」、「操作」的意思，此外，make up for 有「補償～、補充」；make up with 有「和～和解」的意思。

核心表現

· **make up** a story
編故事

· **make up** with her
和她和好

· **make** it **up** to you
為它來補償你

· **make up** his mind
他下定決心

· **make up** for it (= compensate for it)
補償它

· **make up** to the boss
巴結老闆

核心例句

Don't **make up** a story. Tell me the truth.
別亂編故事，告訴我實話。

Did you **make up** with your wife?
你和你太太和好了嗎？

How can I **make up** for my mistake?
我該怎麼樣補償我的過錯？

make it 成功、在時間內到達

make it 有「成功」、「按時」、「在時間內到達」的意思，若無提到抵達地點則可直接使用 make it，有地點則可用「make it to + 地點」。

核心表現

· You can **make it**!
你做得到！

· **make it** if we hurry
如果我們快點就可到達

· do not **make it**
沒成功（沒活下來）

· **make it** to the wedding
趕到結婚典禮（婚宴）

核心例句

I am sorry he didn't **make it**.
很抱歉，他沒能成功。（他沒有活下來）

I can't **make it** to his wedding tomorrow.
我明天沒辦法參加他的婚禮。

16

make sure 確定～

使用〔make sure + to 不定詞〕或〔make sure that + 主詞 + 動詞〕的型態時，有「確定進行～ （未忘記）」的意思。

核心
表現

· **make sure to turn off the light** 確定把燈關了（確定關燈）
· **make sure to take this medicine** 別忘記要吃藥
· **make sure that you wash your hands** 確定你有洗手
· **make sure that you lock the door** 確認你有鎖門

核心
例句

Make sure to turn off the light when you go out.
出門時記得把燈關掉。

Make sure that you wash your hands before you eat something.
吃任何東西前記得先洗手。

● 自我檢測！　**動動腦，看圖連連看，找出適合的搭配用法！**

· 　　　　　　　　　　　　　　· make lunch

· 　　　　　　　　　　　　　　· make me angry

· 　　　　　　　　　　　　　　· make a fortune

[Answers]	make lunch	make a fortune	make me angry
	做午餐	賺大錢	令我生氣

★ 請先閱讀以下中文句子後，填入 make 來完成英文句子。

01. 他拍了有關於外星人的電影。

He _____ _____ _____ about an alien.

02. 她煮了湯但是味道不好。

She _____ _____ but it tasted bad.

03. 我幫你做些餅乾。

I'll _____ _____ _____ _____.

04. 他在那裡交了許多朋友。

He _____ _____ _____ _____ _____ there.

05. 我想預約飛往倫敦的機票。

I would like to _____ _____ _____ for a flight to London.

06. 他習慣在人們面前演講。

He is accustomed to _____ _____ in public.

07. 別為自己的錯誤找藉口。

Don't _____ _____ _____ for your mistake.

08. 他去年賺了很多錢。

He _____ _____ _____ _____ _____ last year.

09. 她幫我們做晚餐。

She _____ _____ dinner.

10. 是什麼原因讓他辭掉工作呢？

What _____ _____ quit the company?

[Answers]
1. made a movie   2. made soup   3. make you some cookies   4. made a lot of friends
5. make a reservation   6. making speech   7. make an excuse   8. made a lot of money
9. made us   10. made him

11. 該怎麼挽回我的錯呢？

How can I _____ _____ for my mistake?

12. 怎麼可能。（這不合理）

It doesn't _____ _____.

13. 她總讓我心情愉快。

She always _____ _____ feel good.

14. 你做的到！

You can _____ _____!

15. 吃晚餐之前記得吃藥。

_____ _____ _____ take this medicine before dinner.

16. 可以幫我把這資料影印五份嗎？

Can you _____ _____ _____ of this document?

17. 別做鬼臉。

Don't _____ _____ _____.

18. 別再亂編故事了。

Don't _____ _____ a story about it.

19. 安靜！不要製造噪音。

Be quiet! Don't _____ _____ _____.

20. John 和女友和好了。

John _____ _____ _____ his girlfriend.

[Answers]
11. make up **12.** make sense **13.** makes me **14.** make it **15.** Make sure to
16. make five copies **17.** make a face **18.** make up **19.** make a noise **20.** made up with

Unit 07

put

放〜、留〜
put - put - put

put 有「放置對象在某位置或狀態下」的意思，
put 依照後方所接的介系詞或副詞而有各種不同的
行為或進行模式，如 put in 有「放入〜內」、「放
在〜」的意思。put 為簡單的基本動詞，但要充分
瞭解它的意思才能實際運用在會話上。

put 放在～、放置

基本型的 put 有「放置在某地方」的意思，主要結構為〔put + 受詞 + 副詞〕或〔put + 受詞 + 介系詞〕。

- **put it** there
  把它放那

- **put the magazine** on the table
  把雜誌放在桌上

- **put your bag** under the desk
  把你的包包放在桌下

- **put the blanket** on the bed
  把毯子放在床上

Before you take a test, **put** your bag under the desk.
在考試之前，先把包包放在桌下。

Don't forget to **put** the magazine on the table after you read it.
閱讀完之後別忘記把雜誌放在桌上。

put 在～情況、放置

put 有「在某種情況下放置、拿出來」之意，此時主要以〔put + 受詞 + 介系詞〕的結構使用。

- **put yourself in my place**
  站在我的立場

- **put him at risk (in danger)**
  讓他陷入危機

- **put it up for sale**
  把它拿去賣

- **put her out of my mind**
  讓她從我心中消失

Put yourself in my place. What would you do?
站在我的立場想，你會怎麼做？

He **put** the house up for sale.
他把房子出售。

put 有優先順序、重要性

put 有「放置優先順序～、擺放重點」的意思，此時使用
的型態為〔put + 受詞 + 介系詞〕、〔put + 受詞 + 副詞〕。

- **put my family first**
  把家庭擺第一順位
- **put an emphasis on English**
  把重點放在英文
- **put health before wealth**
  健康比財富重要
- **put all my energy into the work**
  把精力全放在工作上

He is a family man. He always **puts** his family first.
他以家庭為重，常把家庭擺第一順位。

My teacher always **puts** an emphasis on English.
老師常把重點擺在英文上。

put 塗抹、貼

put 後面加有「上面～」意思的介系詞 on 時，有「放在～
上面～」的意思，也有「塗抹」、「貼」的意思，可用在
表達擦乳液或把東西放在牆壁上的動作。

- **put lotion on her face**
  把乳液擦在她臉上
- **put the sign on the door**
  在門上掛牌子
- **put a Band-Aid on his hand**
  貼 OK 繃在他手上
- **put an ad in the newspaper**
  在報紙上登廣告

Did you **put** some lotion on your face?
你臉上有塗乳液嗎？

She **put** a 'Sale' sign on the door of the store.
她放「出售」的牌子在店門口。

put 移動、盛放

「將食物裝在盤子內」、「把湯盛在碗內」等的動作，都可使用 put 來表示。

- **put the food** on the plate
  把食物放在盤子內
- **put the soup** in the bowl
  把湯裝入碗內

- **put some sugar** in the milk
  把糖放在牛奶中
- **put the leftovers** in a plastic bag
  把剩下的食物裝在塑膠袋內

She **put** some food on the plate.
她裝些食物在盤子內。

Can you **put** the leftovers in a plastic bag?
你能把剩下的食物裝入塑膠袋嗎？

put 寫、表現

用 put 表示「字、表現或想法等」時，有「寫～」、「表現」的意思。

- **put your signature** here
  在這裡簽名
- Let me **put it** this way.
  換句話說。

- **put your name** in the blank
  在空白處寫上你的姓名
- **put your thought** on paper
  把你的想法寫在紙上

You need to **put** your signature here.
你需要在這裡簽名。

Why don't you **put** your thought on paper?
你為何不把你的想法寫在紙上？

put 把聽筒放在～、換

可用 put 來表示通話時將電話放在耳邊的動作，也可用〔get + 受詞（人）+ on the phone〕等表示。

07

核心表現

· **put him on (the phone)**
換他接（電話）

· **put me through to him**
把我換成他

· **put him on the line**
換他接（電話）

核心例句

I'll **put** you through to him.
我幫你把電話轉給他。

I'll **put** her on (the phone).
我把電話轉接給她。

put up 使提高、建立、設置、忍耐

put up 的意思有「將某物往上提高」之意，如搭帳篷、提高看板或開雨傘時都可使用。

08

核心表現

· **put up** an umbrella (= hold an umbrella) 開雨傘
· **put up** the tent (= set up the tent) 搭帳篷
· **put up** a poster on the wall 在牆壁上貼海報
· **put up** with the noise (= endure) 忍受噪音

核心例句

The students **put up** a poster on the wall.
學生們在牆壁上貼海報。

How can you **put up** with that noise all day long?
整天有那種噪音你怎麼忍受得了？

put down 放下、鎮壓、寫下

「Put down the gun.（把槍放下。）」，是動作電影中最常聽到的一句話，put down 除了有「放下」的意思之外，還有「鎮壓」、「抄寫」的意思。

- **put** your stuff **down** here
把你的東西放在這裡
- **put down** your contact number
寫下你的聯絡電話
- **put down** an address
抄寫地址
- **put down** the rebellion
鎮壓暴動

You can **put** your stuff **down** here.
你可以把你的東西放在這裡。

The government sent tanks to **put down** a rebellion.
政府派坦克車來鎮壓動亂。

put on 穿、變胖

將東西放在身上的 put on 有「穿」的意思，不僅可用在服裝上，也有「戴手套、擦香水」的意思。

- **put on** your shirt
穿上襯衫
- **put on** perfume
擦香水
- **put on** weight
變胖
- **put on** your socks
穿上襪子
- **put on** lipstick
塗口紅
- **put on** airs
吹牛

He **put on** the shirt and shorts.
他穿上襯衫和短褲。

I'm **putting on** weight these days.
我最近變胖。

put off 延後

put off 有「延遲」、「延期」的意思；因 put on 有「穿」的意思，很容易會把 put off 想成為有「脫」之意，但主要是用 take off 來表示「脫掉」。

11

核心
表現

· **put off** the meeting
延後會議

· **put off** my trip until May
把我的旅行延到五月

· **put off** their visit for a week
他們的拜訪延後一周

· be **put off**
被延期

核心
例句

Let's **put** it **off** until tomorrow.
把它延後到明天吧。

They **put off** their visit for a week.
他們把拜訪延後一周。

put in 放入～、注入～

put in 有「放入～、擺」之意，put the money in 有「把錢放入～」或「投資」的意思。

12

核心
表現

· **put** the key **in** the lock 把鑰匙放入鎖中
· **put** the money **in** the bank 把錢存入銀行
· **put** the money **in** the stock market 把錢投資股票

核心
例句

I **put** the key **in** the lock and turned it.
我把鑰匙放入鎖後轉動。

He **put** some money **in** the stock market and made a lot of money.
他拿錢投資股票，賺了許多錢。

put away 整理、收到別處

away 有「離開～、遠離～」之意，put away 則有「把～收拾到別處」的意思，也有把某物放到別處的「儲存（save）」之意。

核心
表現

· **put** the gun **away**
把槍收起來

· **put away** your pride
拋開你的自尊心

· **put away** the toys
收拾玩具

· **put** some money **away**
存錢

核心
例句

She told her children to **put away** the toys.
她要她小孩們收拾玩具。

He **put** some money **away** for his retirement.
他存了些錢作為退休金。

put back 放回原位

back 有「往後、重新」之意，put back 有「放回原位」或是「放置後方」、「往後」的意思。

核心
表現

· **put** it **back** 把它放回去

· **put** my seat **back** (= lean my seat back) 把椅子往後

核心
例句

You have to **put** it **back** where it was.
你必須要把它放回原處。

May I **put** my seat **back**?
我可以把椅子往後嗎？

★ 請先閱讀以下中文句子後，填入 put 來完成英文句子。

01. 聽證會延期一周。

The hearing is _____ _____ for a week.

02. 和長輩說話時不要把手放在口袋裡。

Don't _____ _____ _____ in your pocket while you talk with elders.

03. 把箱子放進置物架。

_____ _____ _____ on the shelf.

04. 我要出售這棟房子。

I'm going to _____ _____ _____ up for sale.

05. 警察把他抓入監獄。

The policeman _____ _____ _____ _____.

06. 幫我轉給你老闆（於電話中）。

_____ _____ through to your boss.

07. 在牛奶裡放些糖。

_____ _____ _____ in the milk.

08. 他正把冰淇淋裝在盤子裡。

He is _____ _____ _____ _____ on the plate.

09. 他因意外而延後了婚禮。

He _____ _____ his wedding because of the accident.

10. 我會讓你的兒子進我的棒球隊。

I'll _____ _____ _____ in my baseball team.

[Answers]
1. put off   **2.** put your hand   **3.** Put the box   **4.** put this house   **5.** put him in jail
6. Put me   **7.** Put some sugar   **8.** putting some ice cream   **9.** put off   **10.** put your son

11. 他總是把重點擺在數學上。

He always _____ _____ _____ on math.

12. 他在專案上投入了許多心力。

He _____ _____ _____ into the project.

13. 她吃再多也不會變胖。

She eats a lot but she never _____ _____ _____.

14. 我讓她接電話。（於電話中）

I'll _____ _____ _____ the phone.

15. 不要讓公司陷入危險。

Don't _____ _____ _____ in danger.

16. 請把書放在原處。

Please _____ _____ _____ _____.

17. 在你外套上用一個鈕釦。

_____ _____ _____ on your jacket.

18. 你最好事先把錢存起來，以備不時之需。

You should _____ _____ _____ _____ for a rainy day.

19. 趕緊搭帳篷吧。

Let's _____ _____ _____ _____ quickly.

20. 她把孩子們哄睡。

She _____ _____ _____ _____ _____.

119

Unit 08

go

走～、變成～

go - went - gone

go 不僅是單純代表「走」的移動意思，還有「變成～」之意，表現出情況或變化的循序改變，尤其 go 代表的不及物動詞，型態多為〔go + 介系詞 + 名詞〕或〔go + 副詞〕；當表示「變成～狀態時」則使用〔go + 形容詞〕的句型結構。

go to 往～去

和表示前往目的地有「往～」之意的介系詞 to 一起使用，
出現〔go to + 名詞〕型態時，有「前往～」的意思。

核心
表現

· **go to Havard University**
上哈佛大學

· **go to work** by subway
坐地鐵上班

· **go to bed** at 12 o'clock
十二點就寢

· **go to church** every Sunday
每個禮拜天都去教會

· **go to the sea** every summer
每個夏天都去海邊

· **go to the movies** once a month
每個月看一次電影

核心
例句

She **goes to church** every day. 她每天都去教會。
He **went to America** to learn English. 他去美國學英文。
We **went to the same high school** together. 我們就讀同一所高中。
She **goes to bed** at 11 o'clock. 她十一點就寢。

go + 副詞 去～

〔go + 副詞〕和〔go to + 名詞〕的構造不同，並沒有加
上介系詞 to，這是因為有「在～」之意的 to 和副詞的意思
重複，因而省略。

核心
表現

· **go there**
去那裡

· **go home**
回家

· **go downstairs**
下樓

· **go abroad (overseas)**
出國

核心
例句

I **went there** by taxi. 我坐計程車去那裡。
He **went abroad** to study economics. 他出國學習經濟學。

go V-ing　前往～做～

03

當進行自己喜歡的行為時，會用〔go + V-ing〕來表示。

核心
表現

· **go drinking**
喝酒

· **go swimming**
游泳

· **go shopping**
購物

· **go fishing**
釣魚

· **go driving**
開車（兜風）

· **go dancing (= go clubbing)**
跳舞

· **go jogging**
慢跑

· **go backpacking**
自助旅行

核心
例句

I **go jogging** before breakfast every morning.
每天早上吃早餐之前我會先去慢跑。

He **went backpacking** alone to France.
他獨自去法國自助旅行。

go on + 名詞　前往～做～

04

表示「前往～進行～」意思時，可用〔go on + 名詞〕型態，此時須和有「持續進行～」之意的〔go on + V-ing〕作區分。

核心
表現

· **go on a field trip**
去實地考察

· **go on an errand**
去跑腿

· **go on a picnic**
去野餐

· **go on strike**
罷工

· **go on a tour**
去旅行

· **go on a diet**
減肥

核心
例句

We **went on a field trip** last weekend.
上周末我們去實地考察。

The union decided to **go on strike**.
工會決定進行罷工。

go for + 名詞　去進行～、去獲得～

〔go for + 名詞〕有「為了某對象而～」的意思，和介系詞 for 一起使用則有「去進行～」、「去叫～」的意思，當然也有「喜歡進行～」的意思。

· **go for a jog**
去慢跑

· **go for a walk**
去散步

· **go for a drink**
去喝酒

· **go for a drive**
去兜風

· **go for a cup of coffee**
去喝咖啡

· **go for pizza**
去吃披薩

· **go for a swim**
去游泳

· **go for a doctor**
去找醫生

Would you like to **go for a drive**?　你想要去兜風嗎？

You want to **go for pizza**?　你想去吃披薩嗎？

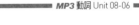

go + 形容詞　成為～

go 有「變成（某個狀態）」之意，當後面出現表示狀態的形容詞時則有「變成～」之意。

· **go crazy / mad**
變瘋狂

· **go bad / sour / rotten**
（食物）走味

· **go broke (= go bust)**
破產

· **go bald**
禿頭

· **go blind (deaf)**
失明（耳聾）

· **go wrong**
出錯

I can't believe that she **went blind** at the age of 23.
我不敢相信她二十三歲時失明。

If something **goes wrong**, you need to take charge of our team.
如果出了問題，你必須負責照顧我們隊伍。

go up 往上、朝上

go up 有「往上」之意，可表示「登山」、「物價或價格等上漲」的意思。

核心表現

· **go up** the mountain
爬山

· prices **go up**
物價上漲

· **go up** to Seoul
北上到首爾

· sales **go up**
銷售量增加

核心例句

I want to **go up** the tree.
我想爬到樹上。

The cost of living seems to **go up** every day.
物價好像每天都在上漲。

go down 往下、掉落、墜落

go down 為「沿著～下去」，和 go up 意思相反，可用於表現「物價下跌」、「飛機或船等的墜落或沉沒」等。

核心表現

· **go down** this street
沿這條路走

· The plane **goes down**.
飛機墜落。

· Prices **go down**.
物價下跌。

· The sun **goes down**.
夕陽西下。

核心例句

It is not yet clear whether the plane **went down** or not.
還無法確認飛機是否墜落。

The sun **went down** and it got dark.
太陽西下後，天開始變暗。

go on 持續進行、持續做～

09

擁有「進行」之意的 on 和 go 一起使用時，有「持續該動作」的意思，主要使用〔go on + V-ing〕或〔go on with + 名詞〕的型態。

核心表現

· The meeting **goes on**.
會議持續進行。

· **go on** working out
持續健身

· Time **goes on**.
時間持續流逝。

· **go on** with your work
繼續你的工作

核心例句

What's **going on**?
發生了什麼事？

The meeting **went on** for over three hours.
會議已經持續進行超過三小時了。

Don't let me disturb you. Please **go on** with your work.
別因我而分心，請繼續進行你的工作。

go out 外出、用光（電力等）

10

有「往外走出」之意的 go out，若是與某人出去代表「約會」；或是我們所說的「用光電力、瓦斯」，在英文中也可用 go out 表示。

核心表現

· **go out** with her
和她出去、和她約會

· **go out** of the hotel
從飯店離開

· **go out** for (to) dinner
外出吃晚餐

· The power **goes out**.
沒電。

核心例句

Don't forget to lock the door when you **go out**.
出去時別忘記要鎖門。

The power **went out** suddenly.
突然沒電了。

go away 遠離、消失

和 get away 一樣有「遠離」的意思，也可以用來表達疼痛「消失」之意。

- **go away** from me
  離我遠一點
- The pain **goes away**.
  疼痛消失。

- **go away** for the weekend
  周末到別處
- The stain **goes away**.
  斑點消除了。

Go away! I don't want to talk with you.
走開！我不想要跟你說話。

My cough won't **go away**.
我咳嗽一直好不了。

The stain won't **go away**. (= The stain won't come out.)
斑點去不掉。

go off 分開、脫軌、爆炸、鬧鐘響

有「分離、剝奪」意思的 **off** 和 **go** 一起使用時，有「分開出去」、「爆炸」之意，尤其分開的用法也有「脫軌」或是「鬧鐘響起」的意思。

- The gun **goes off**.
  開槍。
- The alarm **goes off**.
  鬧鐘響。

- The bomb **goes off**.
  炸彈爆炸。
- **go off** the rail
  脫軌

The gun **went off** by accident.
手槍意外發射了。

I was late for school because my alarm clock didn't **go off**.
因為我的鬧鐘沒響，所以上學遲到。

The bomb **went off** a few minutes later.
幾分後，炸彈爆炸了。

13

go along 跟隨～、合適

along 是有跟隨意思的介系詞，和表示「走動」的 go 一起使用時有「同行」、「同意意見」、「調合」之意。

核心表現

· **go along** well
進行得很順利

· **go along** with your idea
同意你的想法

· **go along** the river
沿著河

· **go along** with you well
很適合你

核心例句

I hope everything is **going along** well.
希望所有的事情都很順利。

Go two blocks **along** this street.
沿著這條路走兩條街。

I can't **go along** with your idea.
我不同意你的想法。

14

go back 返回

go back 不僅有「回去」的物理性移動，還有「想回到以前」的「回到過去」的時間性回歸之意。

核心表現

· **go back** home
回到家

· **go back** to school
復學

· **go back** to sleep
再次進入睡眠（睡回籠覺）

· **go back** to the old days
回到以前的日子

核心例句

I feel so tired that I want to **go back** home.
我覺得太累所以想回家。

He will **go back** to school next week.
他下周將復學。

go through 行經、經驗

15

through 有「通過」的意思，go through 有「透過某對象」之意，也可用來表達「經驗」。

核心
表現

- **go through** a tunnel
  穿過隧道
- **go through** ups and downs
  經歷過所有事
- **go through** customs
  通過海關
- **go through** a hard time
  經歷困難時期

核心
例句

No matter how difficult it is, I will **go through** with it.
不管有多辛苦，我都要克服它。

David has **gone through** a hard time in his life.
David 經歷了他人生中的困難時期。

go over 越過、瞭解、複習

16

有「越過～」之意的 over 和 go 一起使用時，有「翻越」的意思，此外 over 有「反覆」之意，go over 則有「瞭解」、「複習」的意思。

核心
表現

- **go over** there
  到那裡去
- **go over** what I learned
  複習我學過的
- **go over** the report
  看報告
- **go over** the speed limit
  超過速限

核心
例句

Don't **go over** there. It's a dangerous place.
不要過去，那是個危險的地方。

Make sure to **go over** what you learned today.
記得要在今天複習你所學的。

Can you just **go over** this report one more time?
這個報告你可以再看一次嗎？

★ 請先閱讀以下中文句子後，填入 go 來完成英文句子。

01. 我決定在周末時離開（到某處）。

I will _____ _____ for the weekend.

02. 你必須要回到公車站。

You have to _____ _____ _____ the bus station.

03. 不要闖紅燈。

Don't _____ _____ a red light.

04. 希望所有的事情都順利。

I hope everything is _____ _____.

05. 她因為那場意外後發瘋了。

She _____ _____ after the accident.

06. 我昨天去溜冰。

I _____ _____ yesterday.

07. 在今天吃早餐前我先去慢跑。

I _____ _____ before breakfast this morning.

08. 我坐公車上學。

I _____ _____ _____ by bus.

09. 我為了呼吸新鮮空氣而到山上。

I _____ _____ a mountain to get some fresh air.

10. 石油價格上漲太多了。

The oil price _____ _____ too much.

[Answers]
1. go away   2. go back to   3. go through   4. going (along) well   5. went crazy
6. went skiing   7. went jogging   8. go to school   9. went up   10. went up

11. 昨天晚上所有的燈都熄滅了。

All the lights _____ _____ last night.

12. 不要離開我，我無法沒有你。

Don't _____ _____ from me. I can't live without you.

13. 他經歷過困難時期。

He _____ _____ a very difficult time.

14. 這個公司不久後將會倒閉（破產）。

The company will _____ _____ soon.

15. 如果發生問題，我的兒子就拜託照顧了。

If things _____ _____, take care of my son.

16. 炸彈爆炸，許多人因此死亡。

A bomb _____ _____ and a lot of people were killed.

17. 不要超過速限。

Don't _____ _____ the speed limit.

18. 我會在這學期復學。

I'll _____ _____ _____ school this semester.

19. 這公車會到市政府嗎？

Does this bus _____ _____ the city hall?

20. 在我叫警察前，你快走開。

_____ _____ before I call the police.

[Answers]
11. went out **12.** go away **13.** went through **14.** go bankrupt **15.** go wrong
16. went off **17.** go over **18.** go back to **19.** go to **20.** Go away

Unit 09

keep

維持～、保持～
keep - kept - kept

keep 有「維持」、「保持」的意思，當持續事物
時，表示的方式為〔keep + 名詞〕；持續動詞時為
〔keep + 動詞 + V-ing〕；持續狀態時〔keep + 形
容詞〕、〔keep + 受詞 + 形容詞〕的型態。

keep + 物品　保管～、持續～

01

keep 後加名詞時有「單純保管～」的意思，或常使用在給對方物品並説 You can keep this.（你留著）。

 核心表現

· **keep this** for me
幫我保管這個

· **keep an eye** on my bag
幫我看著包包

· **keep money** in the bank
把錢存在銀行

· **keep the seat** for me
幫我留位子

· **keep the change**
不用找零

· **keep a dog**
養狗

 核心例句

Keep the change, please. 不用找零。
Could you **keep this seat** for me? 你能幫我保留位子嗎？
Can you **keep a secret** about this? 你能對這保密嗎？
I **keep a dog**. 我有養狗。

keep + 關係等　維持關係等

02

keep 後加關係有「維持該關係或交易」或「配合步伐」之意。

 核心表現

· **keep a good relationship**
維持良好關係

· **keep company** with them
和他們交際應酬

· **keep in touch** with her
和她保持聯絡

· **keep up** with the class
跟上課業

 核心例句

I've **kept a good relationship** with my team members.
我和隊友們保持著良好關係。

Don't **keep company** with them.
別和他們在一起。

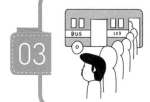

keep + 法律、規則等　遵守規則等

03

從法律或規則等社會法規,到個人間的約定或遵守祕密等,可以用 keep 來表示。

核心表現

· **keep the traffic rules**
遵守交通規則

· **keep regulations**
遵守規則

· **keep a secret**
保密

· **keep order**
遵守秩序

· **keep a promise (= keep his word)**
遵守約定

核心例句

Slow down! You should **keep the traffic rules**.
慢點!你應該要遵守交通規則。

Can you **keep a secret**? Don't let it out.
你可以保密嗎?別說出去。

keep + V-ing　持續~

04

表示「持續進行某動作或行動」時,可以用〔keep + V-ing〕,這裡的 keep 以動名詞為受詞。

核心表現

· **keep moving**
持續移動(走)

· **keep going straight**
持續往前直走

· **keep trying**
持續嘗試

· **keep (on) insisting it**
持續堅持

核心例句

Don't Stop. **Keep** (on) **moving**!
不要停,繼續走!

You need to **keep going** straight to the next corner and cross the street.
你要一直直走到下一個轉角再過馬路。

05

keep + 形容詞　維持～狀態

keep 後加表示狀態的形容詞時，有「維持～狀態、持續」的意思。

· **keep quiet**
保持安靜

· **keep calm**
保持沉默

· **keep still**
不要動

· **keep awake**
保持清醒

Keep quiet! Somebody is coming.
安靜！有人來了。

Keep still while I'm taking your picture.
幫你拍照時，不要動。

06

keep + 名詞 + 形容詞　讓～維持～的狀態

想表現「讓～維持～的狀態」，可用〔keep + 受詞 + 受詞補語〕。

· **keep hands clean**
保持雙手清潔

· **keep me awake**
維持清醒

· **keep your eyes open**
保持你雙眼睜開

· **keep your feet warm**
保持雙腳暖和

· **keep me busy**
讓我忙碌

· **keep the door open**
讓門打開

You should **keep your hands clean**.
你應該維持你雙手的乾淨。

I need coffee to **keep me awake**.
我需要咖啡來保持清醒。

134

07

keep + 名詞 + 分詞　讓～維持～的狀態

keep 後面加名詞或分詞，表現出主動關係或動作時，使用 V-ing（現在分詞），表示被動意思或狀態時，使用 -ed（過去分詞）。

核心表現

· **keep me waiting**
讓我等待

· **keep customers satisfied**
讓顧客們滿意

· **keep them burning**
讓他們繼續燃燒

· **keep the door shut**
讓門關閉

核心例句

Sorry to **keep you waiting**.
不好意思讓你久等了。

Do you know how to **keep customers satisfied**?
你知道該如何讓顧客們滿足嗎？

08

keep up
不讓～下滑、持續（做的事情）、維持

up 有「往上」或是「到底」的意思，keep up 有「不讓～下滑」的意思或是「繼續（所做的事情）」，有強調持續的意思。

核心表現

· **keep** your head **up**
把你的頭抬起來、注意

· **keep up** the good work
持續把事情做好

· **keep** it **up**
繼續進行

· **keep up** with the new trend
隨著新趨勢

核心例句

Keep your head **up**.
把你的頭抬起來。

You did a great job. **Keep up** the good work.
你做得很好，繼續維持。

135

09

keep down
維持往下（低）、降低、抑制

keep down 有「維持低狀態」的意思，如讓人的行動、情感、聲音、速度、物價等，持續抑制在低點或壓制的意思。

核心
表現

· **keep** your head **down**
把你的頭壓低

· **keep** the speed **down**
把速度減慢

· **keep** your voice **down**
把你的聲音降低

· **keep** the prices **down**
降低物價

核心
例句

Keep your voice **down**! The baby is sleeping.
小聲一點！孩子在睡覺。

I think the government should **keep** the prices **down**.
我覺得政府應該要降低物價。

10

keep + 名詞 + from　讓～無法做～

〔keep + 名詞 + from〕有「保護～」之意，也可以解釋為「讓～無法做～動作」。

核心
表現

· **keep the fire from** spreading
讓火勢不再蔓延

· **keep her from** going out
不讓她出去

· **keep me from** sleeping
讓我醒著

· **keep from** laughing
忍住笑

核心
例句

We have to **keep the fire from** spreading to other houses.
我們必須控制火勢，不讓它燒到其他房子。

She couldn't **keep from** laughing when she saw it.
當她看到時，她無法忍住不笑。

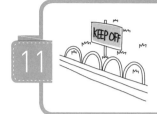

11

keep off 持續遠離～、無法靠近

keep off 若用中文來解釋，有「禁止靠近」且持續無法靠近的分離（off）之意。

- **keep** your hands **off** me
  把你的手從我身上拿開
- **keep off** the grass
  不可踐踏草皮

- **keep** my eyes **off** her
  把視線從她身上移開
- **keep off** red meat
  禁止吃紅肉

Keep your hands **off** me!
把你的手從我身上拿開！

He told me to **keep off** red meat.
他要我別碰紅肉。

12

keep away 遠離～、別靠近

keep away 有「和～維持遠離的狀態」，和 stay away 意思相似。

- **keep away** from the fire
  遠離火燭
- **keep away** from alcohol
  遠離酒精

- **keep away** from my girl
  遠離我女人
- **keep away** from the dog
  遠離狗

Keep away from the dog. He could bite you.
離狗遠一點，小心牠咬你。

Keep away from my girl! She is mine.
離我女人遠一點！她是我的。

★ 請先閱讀以下中文句子後，填入 keep 來完成英文句子。

01. 我抓住她的手不讓她掉下去。

I held her hands to _____ _____ from falling.

02. 我很難過，因為朋友沒有遵守承諾。

I was upset because my friend didn't _____ _____
_____.

03. 我重感冒，離我遠一點。

_____ _____ _____ me because I have a bad
cold.

04. 我會牢記在心的。

I'll _____ _____ in mind.

05. 別和他往來。

Don't _____ _____ with him.

06. 你有和他聯絡嗎？

Do you _____ _____ _____ with him?

07. 遠離酒精。

_____ _____ from alcohol.

08. 幫我看一下包包。

Please _____ _____ _____ _____ my bag for
me.

09. 她能保密嗎？

Can she _____ _____ _____?

10. 你必須保持雙手清潔。

You have to _____ _____ _____ _____.

[Answers]
1. keep her   2. keep the promise   3. Keep away from   4. keep that   5. keep company
6. keep in touch   7. Keep away   8. keep an eye on   9. keep the secret
10. keep your hands clean

11. 這我可以留著嗎？

Can I _____ _____?

12. 遠離火燭。

_____ _____ from the fire.

13. 政府應該要努力使物價降低。

The government tried to _____ _____ _____.

14. 我跟不上他。

I can't _____ _____ _____ him.

15. 你必須要維持你房間的整潔。

You have to _____ _____ _____ clean.

16. 他早睡早起。

He _____ _____ _____.

17. 醫生要我避免吃那食物。

My doctor told me to _____ _____ _____ the food.

18. 雨讓我們無法野餐。

Rain _____ _____ _____ having a picnic.

19. 牌子上寫著「不可踐踏草皮」。

The sign said, "_____ _____ the grass."

20. 持續努力，總有一天會成功。

_____ _____ and you'll succeed someday.

[Answers]
11. keep this 12. Keep away 13. keep prices down 14. keep up with 15. keep your room
16. keeps early hours 17. keep away from 18. kept us from 19. Keep off 20. Keep trying

Unit **10**

turn

改變～、變換方向～
turn - turned - turned

turn 是有「轉」之意的不及物動詞和有「使～轉」之意的及物動詞，也可解釋為「改變」、「轉換方向」等意思，當指改變狀況或狀態時用〔turn + 形容詞〕來表示。

turn 轉、使~轉

turn 為基本型態，有「轉」或「使~轉」的意思，如轉動鑰匙或地球在太陽周圍轉動。

核心表現

· **turn around the sun**
在太陽周圍轉動

· **turn the key**
轉動鑰匙

· **turn your head** this way
把你的頭轉向這邊

· **turn the wheel**
轉動方向盤

· **turn the channel**
轉換頻道

· **turn your head** the other way
把你的頭轉向另一邊

核心例句

Please **turn** the channel to 9.
請把頻道轉到第九台。

She **turned** the wheel to the left.
她往左轉動方向盤。

turn 越過、變換方向

turn 有「翻頁」或「改變方向」之意，此時和 turn 的基本意思「轉（使~轉）」無太大的差異。

核心表現

· **turn to page** number 35
翻到三十五頁

· **turn the corner**
在轉角轉彎

· **turn (to the) left**
左轉

· **turn around**
轉過來（改變方向）

核心例句

Turn (to the) left at the next corner.
在下一個轉角左轉。

The man **turned** the corner and disappeared.
那男子轉進街角後消失了。

03

turn 上下、內外翻轉

turn 不僅有「左右轉動」，也有「內外翻轉」的意思。

 核心表現

· **turn it upside down**
把它上下顛倒

· **turn the egg over**
把蛋翻面

· **turn the shirt inside out**
把襯衫由內往外翻

· **turn my stomach**
胃翻過來（肚子不舒服）

 核心例句

Turn the bottle upside down.
把瓶子上下翻轉。

They really **turn** my stomach.
這些真讓我反胃。

04

turn （狀態）變化、讓～變化

主要以〔turn + 形容詞〕的型態出現，有「情況或狀態變化」的意思。此外「（年紀）變為～歲」也可使用 turn。

 核心表現

· **turn sour**
（食物）變酸、不新鮮

· **turn pale**
變蒼白

· **turn red**
變紅

· **turn 40**
變成四十（歲）

 核心例句

The traffic light **turned** red.
紅綠燈變紅燈了。

He has just **turned** 40, but he looks very young.
他四十歲了，卻看起來很年輕。

turn on 開啟、打開、引起注意

05

turn on 有「轉動開關、開啟電器」的意思，另外 turn on 也有「感覺到性感魅力」的意思。

· turn on the water
開水

· turn the gas on
開瓦斯

· turn on the radio
開收音機

· turn me on
讓我感到興奮（高興）

Let me **turn on** the water.
讓我幫你把水打開。

She is very attractive and she really **turns** me **on**.
她很有魅力，我深深被她吸引。

turn off 關、斷、不關心

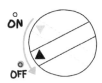

06

轉動後（turn）切斷（off）的動作有「關掉」電器或是「斷絕關心」的意思。也是 turn on 的反義字，有「失去興趣」之意。

· turn the radio off
關掉收音機

· turn it off
把它關閉

· turn off your cell phone
關手機

· turn me off
令我討厭

Would you mind **turning off** your cell phone?
你可以把手機關機嗎？

She talked too much and it really **turned** me **off**.
她話太多，令我生厭。

07

turn up 提高（音量）、出現

turn up 有「轉大、提高音量」的意思，因動作為往上轉而也有「猛然出現（show up）」的意思。

- **turn up** the volume
  提高音量
- **turn up** the sleeves (= roll up)
  把袖子往上（捲袖子）

- He **turns up**.
  他出現了。
- **turn up** the collar
  立起衣領

Can you **turn** the volume **up**? I can't hear it.
你可以大聲點嗎？我聽不到。

I waited for her for an hour, but she didn't **turn up**.
我等她等了一個小時，她還沒出現。

08

turn down 降低（音量）、拒絕

turn down 有「轉小、降低音量」的意思，將方向往下的動作也有「拒絕」之意。

- **turn down** the volume
  降低音量
- **turn down** the air conditioning
  把冷氣調弱

- **turn down** the gas a little
  把瓦斯關小
- **turn down** his proposal
  拒絕他的提案

Turn down the volume. It's too loud.
聲音關小聲一點，太大聲了。

I'm going to **turn down** his business proposal.
我打算拒絕他的工作提案。

turn in 提出

將方向轉（turn）入內（in）的行為有「提出（hand in、submit）」之意。

- **turn in** the report by tomorrow
  明天交報告
- **turn in** the paper
  提出論文
- **turn in** the document to your boss
  把文件交給上司
- **turn** yourself **in**
  自首

You should **turn in** your report by tomorrow.
你明天必須要交報告。

Be sure to check out your paper before you **turn in**.
交論文前，記得要先確實檢查過。

turn out 顯露、結果證明、生產

將裡面的東西翻（turn）出來（out）有「顯露」、「查明」的意思，向外的動作也有「生產」的意思。

- **turn out** very well
  結果很好
- **turn out** to be a false rumor
  結果證明是個假傳聞
- **turn out** to be true
  結果是真的
- **turn out** a thousand cars a day
  一天生產一千台車

It **turned out** to be true.
結果是真的。

The company **turns out** a thousand cars a day.
公司一天生產一千台車。

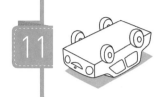

turn over 反轉

11

有「迴轉」之意的 turn 和有畫出拋物線之意的 over 一起使用時，有「反轉」或是「轉交」之意。

核心表現

· **turn** it **over**
把它翻過來

· **turn over** the steaks
把牛排翻面

· The car is **turned over**.
車子翻轉。

· **turn** him **over** to the police
把他交給警察

核心例句

You need to **turn over** the steak before it burns.
在牛排烤焦之前要把它翻面。

He was caught and **turned over** to the police.
他被逮捕後交給警察。

turn around 轉、情況逆轉

12

有「周圍」、「迴轉」的 around 和 turn 一起使用時，有「在周圍轉動」、「改變方向」，或是「改變情況」之意。

核心表現

· She **turns around**.
她轉身。

· **turn around** the economy
讓經濟好轉

· **turn** the car **around**
把車轉向

· **turn** the game **around**
比賽逆轉

核心例句

Turn the car **around**! You are going in the opposite direction.
把車轉回去！你正往反方向開。

I am sure that the economy will **turn around** soon.
我相信經濟將會變好。

★ 請先閱讀以下中文句子後，填入 turn 來完成英文句子。

01. 請翻到三十二頁。

Please _____ _____ page 32.

02. 他聽到消息後臉色蒼白。

He _____ _____ when he heard the news.

03. 我把鑰匙放入門內轉動但打不開。

I _____ _____ _____ in the door but it didn't work.

04. 她令我倒胃口。

She _____ _____ _____.

05. 打開電視。

Please _____ _____ the TV.

06. 別忘記關瓦斯。

Don't forget to _____ _____ the gas.

07. 我們要在周末前交作業。

We should _____ _____ the assignment by this weekend.

08. 你最好趕快自首。

You'd better _____ _____ _____ quickly.

09. 時間到！交出試卷。

Time is up! _____ _____ your papers.

10. 快把車掉頭！

_____ _____ _____ around quickly!

[Answers]
1. turn to   2. turned pale   3. turned the key   4. turns me off   5. turn on
6. turn off   7. turn in   8. turn yourself in   9. Turn in   10. Turn the car

11. 明年經濟會變好。

The economy will _____ _____ next year.

12. 我好冷，把冷氣調小。

I'm cold. _____ _____ the air conditioning.

13. 最後他還是沒有出現。

He didn't _____ _____ after all.

14. 你為何拒絕我的提案？

Why did you _____ _____ my proposal?

15. 地球在太陽周圍轉動。

The earth _____ _____ the sun.

16. 他開始長白頭髮。

His hair began to _____ _____.

17. 在肉烤焦之前要翻面！

_____ _____ the meat before it is all burned!

18. 真相大白是個假傳聞。

It _____ _____ to be a false rumor.

19. 轉過來看我。

_____ _____ and look at me.

20. 把收音機關掉，我正在念書。

_____ _____ the radio. I am studying now.

[Answers]
11. turn around   12. Turn down   13. turn up   14. turn down   15. turns around
16. turn grey (gray)   17. Turn over   18. turned out   19. Turn around   20. Turn off

Unit 11

come

來～、去～
come - came - come

有「來」之意的 come 為代表的不及物動詞，後面若加上名詞，必須要成為〔come + 介系詞 + 名詞〕的型態；另外 come 若是用在前往或向對方那裡時，則有「去」的意思，例如電影中常看到媽媽叫孩子，孩子會邊往媽媽那裡走並說「I'm coming!（我過去了！）」的場面。

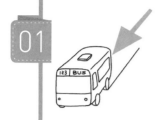

come 來、〜出身、（往對方方向）走

01

come 為不及物動詞，常以〔come ＋ 副詞〕或〔come ＋ 介系詞 ＋ 名詞〕的型態使用，尤其表現「出身於〜」的 come from 是不會改變的事實，記得只能使用現在式來表示。

 核心 表現

· **come here** by bus
坐公車來這

· **come from** Seoul
來自首爾

· **come** and see me this Saturday
這周六來看我

· **come with** me
跟我一起走

 核心 例句

I **came** here by bus.
我坐公車來這裡的。

I **come** from Seoul.
我來自首爾。

Will you **come** with me to the swimming pool?
要不要和我去游泳池？

come ＋形容詞　成為〜

02

〔come ＋ 形容詞〕有「變為〜狀態」的意思。

 核心 表現

· **come true**
實現

· **come loose**
變鬆

· **come alive**
復活、活躍起來

· **come easy**
變簡單

 核心 例句

Your dream will **come true**.
你的夢想會實現。

His shoe laces **came loose**.
他的鞋帶變鬆了。

come to　來～、成為～

〔come to + 名詞〕的型態有「來～」的意思，〔come to + 動詞〕時則有「成為～」之意。

· come to my office
　來我辦公室

· come (back) to life
　重新活過來

· come to a conclusion
　達成結論

· come to realize it
　明白它

· come to my birthday party
　來我的生日派對

· come to mind
　想到

· come to an agreement
　達成協議

· come to know her
　認識她

His name doesn't **come to** mind.
我想不起他的名字。

When did you **come to** know her?
你何時認識她的？

come off　掉出、脫落、成功

因「分離（off）後出來（come）」表示「掉落」或「脫離」之意，另有脫離困難的「成功」意思。

· A button comes off.
　扣子掉了。

· The paint comes off.
　油漆脫落。

· His wig comes off.
　他的假髮掉了。

· come off well
　順利、成功

The button **came off** your shirt.
你襯衫上的扣子掉了。

The project **came off** well.
專案很成功。

come out

出到外面、商品等的推出、開花

就字面上 come out 有「往外出來」之意，所以除了人以外，商品推出、開花或消除斑點等，都可用 come out 表示。

· The water doesn't **come out**.
水出不來。

· The stain doesn't **come out**.
無法消除斑點。

· The result **comes out**.
結果出來了。

· Flowers **come out**.
開花。

· The book **comes out**.
書出版。

· The photo **comes out** well.
照片照得不錯。

Do you think this stain will **come out**? 你覺得這個斑點能消除嗎？
You **came out** beautiful in this picture. 你這張照片照得很漂亮。

come up 往上、猛然出現、出人頭地

up 有「往上、靠近」之意，和 come 一起使用時有「往上升」，有往上「出現」、「發生事情」等意思，尤其 up 有「靠近」的意思，也可解釋為「靠近接觸」。

· The sun **comes up**.
太陽升起。

· **come up** to me
靠近我

· **come up** with a good idea
想到好主意

· Something **comes up**.
發生事情。

· **come up** to my chin
到我的下巴

· **come up** in the world
在世上出人頭地

Something has **came up** at my work and I've got to go now.
工作上發生了事情，我必須去看一下。

How is it that you always **come up** with a good idea?
你怎麼總是能想到好主意呢？

07

come down 下來、往下、下跌

come down 有「往下下去」之意，如下雪或下雨，就連價格也可用「往下」來表示；另外「罹患～病」也可以用 come down with 來表示。

核心
表現

· The rain **comes down**.
  下雨。

· **come down** from the mountain
  下山

· **come down** the stairs
  下樓梯

· **come down** with a cold
  得了感冒

核心
例句

Be careful when you **come down** the stairs.
下樓梯時要小心。

He **came down** with a cold and had to stay home all day.
他感冒了，必須整天在家。

● **自我檢測！** 動動腦，看圖連連看，找出適合的搭配用法！

· comes off

· come alive

· come up

[Answers]　　come alive　　come up　　comes off
　　　　　　復活　　　　升起　　　　掉落

★ 請先閱讀以下中文句子後，填入 come 來完成英文句子。

01. 他昨天來過這裡。

He _____ _____ yesterday.

02. 你今天晚上要來我的生日派對嗎？

Will you _____ _____ my birthday party tonight?

03. 許多美麗的花朵都開了。

Many beautiful flowers _____ _____.

04. 水出不來。

The water doesn't _____ _____.

05. 春天所有東西都復活了。

In spring, everything _____ _____.

06. 輪到我了。

My turn has _____.

07. 無法消除這個斑點。

The stains won't _____ _____.

08. 水漲到了他的下巴。

The water _____ _____ _____ his chin.

09. 牛奶是從乳牛身上獲得。

Milk _____ _____ cows.

10. 來得快，去得快。

Easy _____, easy go.

[Answers]
1. came here　2. come to　3. came out　4. come out　5. comes alive
6. come　7. come out　8. came up to　9. comes from　10. come

11. 他愛上她了。

He _____ _____ love her.

12. 他的書上個月出版。

His book _____ _____ last month.

13. 如果你盡了全力，夢想一定會實現。

If you do your best, your dreams will _____ _____.

14. 我們的結論是無法使用你的提案。

We _____ _____ a conclusion that we can't accept your offer.

15. 你怎麼會知道那個？

How did you _____ _____ know about that?

16. 專案很成功。

The project _____ _____ well.

17. 聖誕節來臨之前我會交到男朋友。

I will get a boyfriend before Christmas _____.

18. 它會和湯、沙拉一起送來。

It _____ _____ soup and salad.

19. 門的手把鬆脫了。

The knob has _____ _____ the door.

20. 他昨天很晚回家。

He _____ _____ late last night.

[Answers]
11. came to   **12.** came out   **13.** come true   **14.** came to   **15.** come to
16. came off   **17.** comes   **18.** comes with   **19.** come off   **20.** came home

Unit 12

do

做～

do - did - done

我們常說的動詞「做～」，大部分在英文中都會用
do 來表現，尤其當 do 和否定句或疑問句使用時，
會被當作助動詞使用，但在本單元的內容，主要著
重在當作動詞的使用方法。

01

do + 名詞　做（家事）

中文所表示的「做家事」，在英文中則用〔do + 名詞〕來表示。

核心表現

· **do the housework**　做家事
· **do the dishes**　洗碗
· **do the laundry**　洗衣服
· **do the ironing (= iron)**　燙衣服
· **do the house chores**　做家務雜事
· **do the shopping**　購物、去市場

核心例句

I **do the laundry** once a week.
我一個禮拜洗一次衣服。

She **does every chore** around the house.
她做家裡所有的家務事。

02

do + 名詞　做（運動）

自己獨自一人的運動或是表現格鬥種類的運動時，動詞不使用 play 而是使用 do 來表示。

核心表現

· **do exercise**　做運動
· **do yoga**　做瑜珈
· **do judo**　打柔道
· **do taekwondo**　打跆拳道
· **do belly dancing**　跳肚皮舞
· **do aerobics**　做有氧運動

核心例句

We **do yoga** every morning together.
我們每天早上一起做瑜珈。

I'll **do aerobics** to be healthy.
為了變健康我會做有氧運動。

do + 名詞　做（工作等）

當我們說「做什麼事」時，英文中用 do 來表示「進行（業務、義務或本分）」。

- · **do my job (work)**
  做工作
- · **do my best**
  盡我所能
- · **do a good job**
  工作做得好
- · **do my duty**
  盡我的義務
- · **do my homework**
  寫功課
- · **do business**
  做生意
- · **do stocks**
  投資股票

I'll **do my best** for what I have to do.
我會盡我所能做好該做的事情。

Nothing shall prevent me from **doing my duty**.
沒有任何事情能阻止我盡我的義務。

Have you **done your homework**?
你功課寫了沒？

do + 名詞　做（實驗、研究等）

do 後加上實驗、調查或研究等相關名詞時，有「進行相關實驗或調查」之意。

- · **do an experiment**
  做實驗
- · **do research**
  做調查
- · **do appraisals**
  進行鑑定

They **did** a lot of **experiments** about it.
他們對這做了許多實驗。

We need to **do research** to find the better solution.
我們需要做調查找出最好的解決方法。

05

do well （功課）很好、（考試）考得好

do 大部分被當作及物動詞使用，並在後面加入受詞，但也可當成不及物動詞使用，此時最代表的例子為用 do well 來表示「功課很好、考試考得好」。

核心表現

· **do well** in high school
高中時功課很好

· **do well** at university
大學時功課很好

· **do well** on the math test
數學考試考得很好

· **do well** on the TOEIC test
多益考試考得很好

核心例句

He **did well** in high school.
他高中時功課很好。

How **well** did you **do** in school?
你學生時期的功課好嗎？

● 自我檢測！　動動腦，看圖連連看，找出適合的搭配用法！

　•

• do an experiment

　•

• do the ironing

•

• do taekwondo

[Answers]	do the ironing	do taekwondo	do an experiment
	燙衣服	打跆拳道	做實驗

★ 請先閱讀以下中文句子後，填入 do 來完成英文句子。

01. 你會柔道嗎？

Can you _____ _____?

02. 她常忙於家務事。

She is always busy _____ _____ _____.

03. 她每天早上都做瑜珈。

She _____ _____ every morning.

04. 你可以幫我嗎？幫我拿著這個？

Could you _____ _____ _____ _____?
Can you hold this for me?

05. 在時間之內盡你全力完成。

Do your best to _____ _____ _____ on time.

06. 這次的多益考試他考得很好。

He _____ _____ on TOEIC test this time.

07. 如果你要做，就做好。

If you're going to _____ _____, do it right.

08. 我覺得他做得很好。

I think he _____ _____ _____ _____.

09. 我以前有很多有實驗經驗。

I used to _____ _____ _____ _____ _____
on it.

10. 我沒有吸毒。

I don't _____ _____.

[Answers]
1. do judo   2. doing the housework   3. does yoga   4. do me a favor   5. get it done
6. did well   7. do it   8. did a good job   9. do a lot of experiments   10. do drugs

Unit 13

run

奔跑、經營、流
run - ran - run

run 作不及物動詞時有「跑」、「跳」之意，但意
思為「經驗」時，須成為及物動詞，並以〔run +
受詞〕的形態出現。當 run 有「流動」之意時，可
用在流鼻水、液體流動、遺傳等。

run　跑、運轉

01

run 當不及物動詞使用時，有「跑」、「車子運作」之意，可用中文的「運行」、「跑」來做圖示的聯想。

核心表現

· **run** fast
快跑

· **run** 100 meters in under 12 seconds
在十二秒內跑一百公尺

· **run** to school
跑去學校

· **run** every ten minutes
每十分鐘運轉一次

核心例句

You should **run** fast to get there on time.
如果要剛好趕到那裡，你應該要跑快一點。

The buses **run** every ten minutes.
公車每十分鐘來一台。

run　流、被進行、散開

02

河裡的水不停流動，很容易就會跟有「跑」之意的 run 聯想在一起，此時可用在「液體的流動」、「資訊的散播」、「放映電影」。

核心表現

· **Nose runs.**
流鼻水。

· **The movie runs.**
播放電影。

· **Tears run.**
流眼淚。

· **run in our family**
家族基因

核心例句

Your nose is **running**.
你在流鼻水。

Tears **ran** from her eyes.
眼淚從她眼裡流了下來。

03

run 轉、經營

run 有著「轉動某物」之意，不管是轉動機器讓它「旋轉」或是轉動事業的「經營事業」，都可以用 run 來表達。

核心表現

· **run a program**
進行專案

· **run a company**
經營公司

· **run the engine**
讓引擎轉動

· **run a restaurant**
經營餐廳

核心例句

My father **runs** a small restaurant downtown.
我爸爸在市區經營一間小餐廳。

Don't **run** the engine until you solve its problem.
在解決問題前，不要轉動引擎。

04

run down 往下、減少

往下（down）跑（run）一起使用時有「往下流」或是「磨損」、「被用盡」的意思，此外跑（run）和倒下（down）一起使用時，有「（被車子等）撞」之意。

核心表現

· **run down** the stairs
跑下樓梯

· be **run down** by a car
被車子撞

· the battery **runs down**
電池耗盡

· look **run down**
看起來疲憊

核心例句

She **ran down** the stairs quickly.
她快速地跑下樓梯。

Why does this battery **run down** so fast?
為什麼這電池用得這麼快？

She was almost **run down** by a car.
她差一點就被車撞了。

run out 跑出去、見底

往外跑出去之意的「跑出」和 out「用盡」一同使用時，
run 有「進行著」之意，也有「見底」、「耗盡」的意思。

- **run out** to the pool
  跑去游泳池
- The gas **runs out**.
  瓦斯用盡。
- Time **runs out**.
  沒時間。
- **run out** of patience
  用盡耐性

Time is **running out**.
時間所剩不多。

He got mad and **ran out** of patience.
他很生氣且失去耐性。

run away 逃走、逃跑

away「遠」和 run「跑」一起使用時，有「逃跑」之意，
另外，run away 後面可加上 with「和～一起」、from
「從～開始」、to「到～」的介系詞一起使用。

- **run away** from home
  逃家
- **run away** from reality
  逃避現實
- **run away** with money
  捲款逃跑
- **run away** from the military
  逃兵
- **run away** with her
  和她一起逃跑
- **run away** to Mexico
  逃跑到墨西哥

He **ran away** from home when he was 12.
他十二歲時逃家。

Do not **run away** from reality. You have to get over it.
不要逃避現實，你必須克服它。

run across 穿越、（偶然）見面

直翻為「跑著穿越」，也可以用在不期而遇的「偶然見面」（run into, bump into）之意。

· **run across** the street
穿越道路

· **run across** my old love letters
發現我的舊情書

· **run across** the border
穿越國境

· **run across** my ex-girlfriend
巧遇我的前女友

The boy **ran across** the street and almost got hit by a car.
那男孩跑過馬路時，差點被車撞。

I **ran across** my ex-boyfriend in the park.
我在公園巧遇前男友。

run over 溢出、被車撞

run over 有「越過～」和「被車撞」的意思，此外 run 也有「流動」的意思，和 over 一起使用時有「滿溢、溢出」之意。

· **run** him **over**
車子輾過他

· The water **runs over**.
水溢出來。

· be **run over**
被車子輾

· The pot **runs over**.
鍋子滿溢出來。

He **ran** her **over** and made it look like an accident.
他輾過她，卻假裝成是一場意外。

The pot began to **run over**.
鍋子裡的東西開始溢出來了。

09

run through
跑著通過～、翻閱、預先練習

有「通過～」之意的 through 和 run 合起來，有「跑著通過～」或是快速「翻閱」、「預先練習」的意思，此外 run through 當作名詞使用時，有「預演、彩排」之意。

核心表現

· **run through** the paper
翻閱報紙

· **run through** my mind (head)
在腦中快速閃過

· **run through** the proposal
瀏覽提案

· **run through** scene 3
彩排第三幕

核心例句

Why don't you **run through** the proposal again?
你為何不再看一次提案？

Bad memories kept on **running through** her mind.
不好的回憶一直出現在她腦海中。

We will **run through** scene 3 until we get it right.
我們會不停彩排第三幕，直到準備好。

●自我檢測！　動動腦，看圖連連看，找出適合的搭配用法！

· run over

· run away

[Answers]　　run away　　run over
　　　　　　　逃跑　　　　溢出

166

★ 請先閱讀以下中文句子後，填入 run 來完成英文句子。

01. 因為洪水，水漫過了提防。

Because of flood, the water _____ _____ the banks.

02. 我今天晚起，所以用跑得去學校。

I got up late today, so I _____ _____ _____.

03. 這班公車行經首爾和水原。

This bus _____ _____ Seoul and Suwon.

04. 我用抹布擦廚房地板，因流理台的水滿了出來。

I mopped up the kitchen floor after the sink _____
_____.

05. 他的死亡傳聞傳遍全國。

The rumor of his death _____ all over the country.

06. 他經營自己的事業。

He _____ his own business.

07. 他們企圖越過國境。

They tried to _____ _____ the border.

08. 音樂天分是她們家的遺傳。

Musical talent _____ in her family.

09. 電影放映近兩小時。

The movie _____ for nearly two hours.

10. 他快速瀏覽名單上的名字。

He _____ _____ the names on the list.

[Answers]
1. ran over 2. ran to school 3. runs between 4. ran over 5. ran
6. runs 7. run across 8. runs 9. runs 10. ran through

Unit 14

break

打破、破碎、
發生故障
break - broke - broken

break 有「打破」、「破碎」之意，可當不及物動
詞或及物動詞使用，使用上也和我們常用的動詞相
同，如「打破紀錄」、「和人決裂」，「決裂、拆
夥」在英文中也是用 break 來表示。

break + 事物　把～打破、破碎、故障

break 當及物動詞使用在後面加上受詞，如物品或身體等，有「把該物品打破」、「身體某部位折斷」的意思。

· **break the window** 打破窗戶	· **break my cell phone** 手機故障
· **break the knee** 膝蓋破裂	· **break my arm** 手臂折斷

You **broke my cell phone**.
你把我的手機用壞了。

Who **broke the window**?
是誰打破窗戶的？

He fell off from a ladder and **broke his arm**.
他從梯子上掉下來，摔斷了手臂。

9.55 sec World Record!

break + 紀錄、暗號等
打破（紀錄、暗號、單位等）、解讀

我們所說的「打破世界紀錄」在英文中是用 break 來表示，另也可表達「創新紀錄、破解暗號的行為」或「兌換鈔票等單位」的意思。

· **break the world record**　打破世界紀錄

· **broke the record** in the 100 meters　打破一百公尺的紀錄

· **break the box-office record**　打破電影票房紀錄

· **break the code**　破解暗號

· **break this $10 bill**　兌換十塊錢美金

The agent finally **broke the code**.
間諜最後終於破解密碼。

The movie has **broken the box-office record**.
這部電影打破了票房紀錄。

break + 情感、情緒等
傷感情、破壞氣氛

break 可用來表示「心如破碎般的疼痛」，也就是「心痛」之意，或用來表達「破壞氣氛」的意思。

 核心表現

- **break her heart**
  讓她傷心
- **break the silence**
  打破沉默
- **break our spirit**
  破壞士氣
- **break the peace**
  打破和平
- **break the ice**
  破冰

 核心例句

This cannot **break our spirit.**
這無法破壞我們的士氣。

He **broke the silence** and began to talk.
他打破沉默，開始說話。

break + 規則、習慣等　打破規則、習慣

break 後加上規則、約定、習慣、傳統等單字時，有「打破」、「違背」之意。

 核心表現

- **break the promise**
  破壞約定、違背約定
- **break the speed limit**
  超過速限
- **break the law**
  違背法律
- **break the bad habit**
  改正壞習慣

 核心例句

You are not supposed to **break your promise**.
你應該要遵守約定。

It is hard to **break the bad habit**.
很難去改正壞習慣。

05

break 把～打破、故障、破碎

break 當不及物動詞使用時，有將該主詞打破或發生故障的意思。

核心表現

· **breaks** into pieces
破成碎片

· **break** in half
破成兩半

核心例句

The glass **broke** into pieces.
玻璃破成碎片。

The vase **broke** in half.
花瓶裂成兩半。

06

break up
（完全）破碎、打破、使～解散

break up 有「完全破碎」的意思，break up 後加上名詞則有「把～完全打破」、「分離」之意。

核心表現

· **break up** with her
和她分手

· **break up** a demonstration
讓示威解散

· **break up** the fight
勸架

· Their marriage **breaks up**.
他們的婚姻生活結束了。

核心例句

I **broke up** with her.
我和她分手了。

The police **broke up** the demonstration using tear gas.
警察用催淚瓦斯驅散示威活動。

07

break down
破碎坍塌、發生故障、破碎、推倒

break down 是有破碎倒塌圖象的動詞，或是以「發生故障」之意來使用，後面若加名詞，有「把該物品弄壞」、「打破社會制度或組織等」意思。

核心表現

· **break down** again
  再次故障

· **break down** the tent
  拆帳篷

· **break down** the wall
  拆除牆壁

· **break down** the food
  分解食物

核心例句

My car **broke down** again.
我的車又故障了。

They used a bulldozer to **break** the wall **down**.
他們用推土機來拆除牆壁。

The bacteria helps **break down** the food in our body.
細菌可幫助我們的身體分解食物。

08

break in 潛入

內部（in）和破碎（break）兩者一起，有「入侵」、「插嘴」或是「馴服」之意。

核心表現

· **break in** (on) our conversation
  介入我們的對話

· be well **broken in**
  被馴服得很好

· **break in** my new shoes
  習慣我的鞋子

核心例句

Don't **break in** (on) our conversation.
不要插入我們的對話。

This car is well **broken in**.
這台車被馴得很好。

172

break out 打破出去、（戰爭等）爆發

破裂（break）和往外的（out）有「逃獄」之意，此外也有「（青春痘、膿包等）發出、發展」的意思，也使用在「戰爭、火災等的爆發、引發」上。

· His face **breaks out**.
他臉上長出青春痘。

· The war **breaks out**.
爆發戰爭。

· The fire **breaks out**.
發生火災。

· **break out** of the jail
逃獄

His face **broke out** a lot.
他臉上長了很多青春痘。

The prisoners **broke out** of the jail.
囚犯逃獄了。

break off 打斷、斷絕關係

有「破碎」之意的 break 和「分離」之意的 off 一起使用時，有「破碎後分開」的意思，也可解釋為「分手、斷絕關係」之意。

· **break off** a branch
剪樹枝

· **break off** an engagement
毀婚

· **break off** their diplomatic relations
斷絕外交關係

He **broke off** a branch and gave it to me.
他折斷樹枝後給我。

They've **broken off** their engagement.
他們毀婚了。

The two countries **broke off** their diplomatic relations.
這兩國斷絕了外交關係。

173

★ 請先閱讀以下中文句子後，填入 break 來完成英文句子。

01. 昨天晚上工廠發生火災。

Fire _____ _____ in the factory last night.

02. 他打破了馬拉松的世界記錄。

He _____ _____ _____ _____ in the marathon.

03. 有數名囚犯們逃獄了。

Several prisoners _____ _____ of the jail.

04. 他用笑話打破了僵局。

He _____ _____ _____ by telling a joke.

05. 他違反了和我的約定。

He _____ _____ _____ with me.

06. 他們拆毀牆壁。

They _____ _____ the wall.

07. 你和他分手了？

Did you _____ _____ _____ _____ ?

08. 小偷趁我們不在家時闖空門。

A thief _____ _____ our house while we were away.

09. 開門，要不然我會破門而入！

Open up, or I'll _____ _____ _____ _____ !

10. 他們威脅要和我們斷絕外交關係。

They threatened to _____ _____ diplomatic relations with us.

[Answers]
1. broke out **2.** broke the world record **3.** broke out **4.** broke the ice **5.** broke his promise
6. broke down **7.** break up with him **8.** broke in **9.** break the door down **10.** break off

11. 我的車又故障了。

My car _____ _____ again.

12. 他插入我們的對話。

He _____ _____ on our conversation.

13. 他因意外而斷腿。

He _____ _____ _____ in the accident.

14. 他說的話令她很傷心。

What he said _____ _____ _____.

15. 這機器壞了，必須要修理。

The machine is _____ and must be repaired.

16. 你想要擾亂治安嗎？

Do you want to _____ _____ _____?

17. 我必須習慣我的鞋子。

I should _____ _____ my new shoes.

18. 你有聽到他們毀婚的消息嗎？

Did you hear that they _____ _____ the engagement?

19. 盤子破成碎片。

The plate _____ _____ _____.

20. 棒子斷成兩半。

The bar _____ _____ _____.

[Answers]
11. broke down **12.** broke in **13.** broke his leg **14.** broke her heart **15.** broken
16. break the peace **17.** break in **18.** break off **19.** broke into pieces **20.** broke in half

Unit 15

leave

離開、把～放成～
狀態、交給～
leave - left - left

leave 有「離開」、「把～成為～狀態」或「交給～」的意思，尤其使用〔leave + 人 + 形容詞〕型態時有「將人～成為～狀態」，或用〔leave + 物品 + 形容詞〕型態表示「把物品～保留成為～狀態」。

leave + 場所　離開場所、出發

leave 有空間上的移動之意，表示「離開某場所」，或是「從該場所出發」。

核心表現

· **leave here**
離開這裡

· **leave school** early
提早離開學校（早退）

· **leave Las Vegas**
離開拉斯維加斯

· **leave home**
從家出發、離開家

核心例句

The train **left the station** at 7 o'clock sharp.
火車七點準時從車站出發。

I was very sick and I had to **leave school** early.
我身體不適，所以從學校早退。

leave + 人、組織等
離開人或組織等、分手、離職

leave 後加人或組織等時，有「和人分手」、「從公司或組織離職」等意思。

核心表現

· **leave the company**
辭職

· **leave me**
遠離我

· **leave the job**
離職

· **leave my girlfriend**
和女友分手

核心例句

Why do you want to **leave your company**?
你為何想要離職？

After I quit my job, she **left me**.
我辭職後，她就離開我了。

leave + 物品　放置物品、留下

當以〔leave + 受詞 + 副詞〕或〔leave + 受詞 + 介系詞 + 名詞〕型態使用時，有「把～放置（留）在某處」之意。

· **leave it** on the desk
把它放在桌上

· **leave them** as they are
不要動它們

· **leave the key** somewhere
把鑰匙放在某處

· **leave my bag** on the bus
把包包放在公車上

I've **left my keys** in my room.
我把鑰匙放在房裡。

Leave the dishes. I'll wash them later.
別動碗盤，我等等再洗。

leave + (人) + 事物　幫～留～

以〔leave + 受詞 +（to + 名詞）〕或〔leave + 間接受詞 + 直接受詞〕型態使用時，有「幫某人留某物」之意，此時可省略間接受詞的「人」。

· **leave a message (note)**
留言（字條）

· **leave a stain**
留下斑點

· **leave his son a large fortune**
給兒子留下一筆財產

· **leave a scar**
留疤

· **leave a will**
留遺書

· **leave a million dollars to her**
留下一百萬美金給她

Someone **left you this message**.
有人留言給你。

He **left a million dollars to his daughter**.
他留下一百萬美金給他女兒。

leave + 受詞　交付〜

「留下」也可解釋為「交付」之意，所以〔leave + 受詞（+ to + 名詞）〕有「把〜交付〜」之意。

核心表現

· **leave my camera**
　交付我的照相機

· **leave it** to her
　把它交給她

· **leave everything** to chance
　把所有交給命運

· **leave the bag** at the counter
　把包包交給櫃台

· **leave it** to your judgement
　把它交由你判斷

核心例句

Is there any place I can **leave my camera**?
有地方可讓我放照相機嗎？

After he invested his money to it, he **left everything to chance**.
他用錢投資後，把剩下的都交給命運。

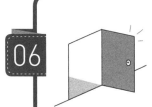

leave + 受詞 + 形容詞
以〜形態（留下）放置

leave 有「以〜形態放置」之意，和 keep 的意思相近，以〔leave + 受詞 + 形容詞〕或〔leave + 受詞 + 副詞〕的型態被使用。

核心表現

· **leave me alone**
　讓我一個人靜靜（別管我）

· **leave it blank**
　讓它空白

· **leave the door open**
　讓門開著

· **leave the light on**
　把燈開著

· **leave it undone**
　讓它未完成

核心例句

Leave the door open, please.
請把門開著。

Leave the light on.
把燈開著。

07

(be) left 被留下、留下

leave 當作被動語態使用時，有「～被留下」之意。以〔be + left + 形容詞〕使用時，有「～的狀態」的意思。

核心表現

· **be left** alone
被獨自留下

· Nothing **is left**.
沒剩任何東西。

· **be left** open
開啟著的狀態

· Only two days **are left**.
只剩下兩天。

· **be left** behind
被留在後面

核心例句

Nothing **was left** in the house.
家中沒有剩下任何東西。

I don't have any money **left**.
我沒有錢了。

The cabinet **was left** open.
保險箱被打開。

08

leave out 漏掉、除外

在外（out）留著（leave）有「漏掉、除外」的意思。

核心表現

· **leave** it **out**
除了它之外、拿出

· **leave out** the data
刪除資料

· **leave** him **out**
除他以外、甩開

· be **left out**
被疏遠

· **leave out** a word
漏掉一個字

· feel **left out**
感到被冷落

核心例句

Let's **leave** him **out**. He doesn't keep his promises.
不要理他，他都不遵守約定。

She felt **left out** when she wasn't invited to the party.
當她沒被受邀去派對時，她覺得被冷落。

★ 請先閱讀以下中文句子後，填入 leave 來完成英文句子。

01. 請不要離開我。

Please don't _____ _____.

02. 食物留在桌上。

The food is _____ on the table.

03. 有剩下的麵包嗎？

Is there any _____ _____?

04. 把電視打開，我要看新聞。

_____ _____ _____ _____. I need to watch the news.

05. 我不知道把鑰匙放到哪了。

I _____ _____ _____ somewhere.

06. 我把包包放在公車上。

I've _____ _____ _____ on the bus.

07. 你去那裡時不要忘記我。

Don't _____ _____ _____ when you go there.

08. 她提早從家裡出發。

She _____ _____ _____.

09. 我將會在這個月底辭職。

I'm going to _____ _____ _____ at the end of this month.

10. 我會把它交給你。

I'll _____ _____ (up) _____ you.

[Answers]
1. leave me **2.** left **3.** bread left **4.** Leave the TV on **5.** left the keys
6. left my bag **7.** leave me out **8.** left home early **9.** leave the company **10.** leave it, to

11. 她留了這紙條給你。

She _____ _____ _____ for you.

12. 我不想要離開首爾。

I don't want to _____ _____.

13. 你必須刪除這個字，並不太恰當。

You need to _____ _____ this word. It's not proper.

14. 把全部都交給我。

_____ _____ to me.

15. 你為什麼要辭職？

Why did you _____ _____ _____?

16. 你好像忘記寫你的名字。

I think you _____ _____ your name.

17. 他把遺書留給他女兒。

He _____ _____ _____ to his daughter.

18. 我會把食物留下，我飽了。

I'm going to _____ _____ _____. I'm full.

19. 小心，這會留下斑點。

Be careful. It _____ _____ _____.

20. 如果我不接電話的話，會進入語音信箱。

If I don't answer the phone, _____ _____ _____
_____.

[Answers]
11. left this note **12.** leave Seoul **13.** leave out **14.** Leave everything **15.** leave your job
16. left out **17.** left his will **18.** leave this food **19.** leaves a stain **20.** leave a voice mail

Unit 16

give

給予、提供
give - gave - given

圖解
英文動詞
的奇蹟！

give 以〔give + 間接受詞 + 直接受詞〕形式出現
時，是有「給（某人某物）」的代表型授予動詞，
此時給予的物品可以是錢、名譽、機會或時間、希
望等抽象性的價值或行動。

give + 人 + 事物　給、提供某人某物

01

有著單純的「給某人物品、提供物品」的意思，以〔give + 間接受詞（誰～）+ 直接受詞（物～）〕的形式使用。

核心表現

- **give me another beer**
  再給我一罐啤酒
- **give her food and shelter**
  提供她食物和休息處
- **give me a pain killer**
  給我止痛劑

- **give me the wrong change**
  找錯錢
- **give me a speeding ticket**
  給我超速罰單

核心例句

Please **give me a pain killer**.
請給我止痛劑。

Can you **give me another beer**?
可以再給我一罐啤酒嗎？

give + 機會、時間　給予機會、時間等

02

give me a chance 有「給我一個機會」，也就是「放過我一次」的意思，和 give me a break 同意思。

核心表現

- **give** me **a chance**
  給我個機會
- **give** me **an extension**
  讓我延長期限
- **give** it **a try**
  嘗試看看

- **give** me **two more days**
  再給我兩天時間
- **give** me **another 30 minutes**
  再給我三十分鐘
- **give** it **a second thought**
  再重新想想看

核心例句

Could you **give** me **an extension** on the report?
可以延長報告的繳交時間嗎？

Why don't you **give** it **a second thought**?
你為什麼不再重新想想看呢？

03

give + 幫助等　給予～幫助、給予～勇氣等

give 後面加上「幫助」、「忠告」等單字時,有「幫助某人」或「給予某人勇氣」的意思。

核心表現

- **give you a hand**
  幫你忙
- **give me protection**
  保護我
- **give me strength**
  給我力量

- **give me advice**
  給我忠告
- **give you my full support**
  給你我的全力支援

核心例句

Can you **give me a hand**?
你可以幫我嗎?

I will **give you my full support**.
我會全力幫助你。

04

give + 款待、拍手等　歡迎～

當「對某人款待、拍手」之意,以〔give + 間接受詞(誰～)+ 直接受詞(物～)〕或〔give + 直接受詞 + to + 間接受詞〕形式來使用。

核心表現

- **give him a big hand**
  為他熱烈鼓掌
- **give me a hug**
  給我個擁抱

- **give him a warm reception**
  給他熱烈的招待
- **give a warm welcome to the new members**
  熱烈的招待新成員

核心例句

Will you **give me a hug**?
你可以抱我嗎?

Let's **give a warm welcome** to our new members.
讓我們來熱烈的歡迎新成員吧。

give + 印象、好意等　給予好意等

05

give 後加上印象或好意的行動時，有「給～的印象」、「施予好意」的意思。

核心表現

· **give me a good impression**
讓我有很好的印象

· **give me a discount (= cut the price)**
給我折扣

· **give her a lift (ride)**
順道載她

· **give me a refill**
幫我補充裝滿

核心例句

Can you **give me a refill**?
可以幫我裝滿嗎？

I'll **give you a 10% discount**.
我幫你打九折。

Let me **give you a ride** to the bus stop.
我順道載你去公車站。

give + 傷腦筋的事等　發生麻煩事、痛苦等

06

〔give + 人 + 名詞〕時，名詞的位置若出現痛苦或麻煩等單字時，有「給予某人痛苦或麻煩事」等意思。

核心表現

· **give me a headache**
讓我頭痛

· **give me goose bumps**
讓我起雞皮疙瘩

· **give me a shock**
讓我受打擊

· **give me a hard time**
讓我不好過

· **give me the cold shoulder**
對我冷漠、刻薄

· **give me a dirty look**
怒視我

核心例句

The problem really **gave me a headache**.
這問題真的讓我很頭痛。

The news **gave me a shock**.
這新聞讓我大受打擊。

186

07

give + 電話、問候等　打電話、給予問候等

我們所說的「打電話給我」，在英文中是用 give 來表達，可使用在電話或問候相關的表現上。

核心
表現

· **give me a call (ring)**
打電話給我

· **give me a message**
傳訊息給我

· **give a wake-up call**
晨間喚醒服務

· **give my best regards** to her
幫我向她問好

核心
例句

Give me a call when you get there.
你到那裡後，打電話給我。

Give my best regards to your mother.
代我向你母親問好。

08

give + 意思、表達等　傳遞意思、表達等

表現「給予資訊、傳達意思」時的「傳、給」可用 give 來使用。

核心
表現

· **give him notice**
通知他

· **give him a warning**
警告他

· **give a speech**
演講

· **give me the information**
告訴我資訊

· **give a presentation**
發表

· **give my word**
約定、保證

核心
例句

Can you **give me the information** about the exam?
你能告訴我考試的資訊嗎？

I **give you my word**.
我向你保證。

09 give + 行動　幫忙～、做～

以下為 give 的其他用法。

核心表現

- **give me a shot**
  幫我打針

- **give birth to a baby**
  生孩子

- **give me your cold**
  被你傳染感冒

- **give blood**
  捐血

- **give her the eye**
  投以～目光、送秋波

- **give us a demonstration**
  示範給我們看

- **give you a piggyback ride**
  揹你

- **give me a speeding ticket**
  開超速罰單給我

- **give me a hair cut**
  幫我剪頭髮

- **give me a good appetite**
  讓我食慾大增

核心例句

I'll **give you a piggyback** ride. 我來揹你。

He **gave me a hair cut**. 他幫我剪頭髮。

The police officer **gave me a speeding ticket**.
警察開了超速罰單給我。

She **gave birth to a baby** last night.
她昨晚生產了。

●**自我檢測！** 動動腦，看圖連連看，找出適合的搭配用法！

　　•

•　**give you a hand**

　　•

•　**give a chance**

[Answers]	give a chance	give you a hand
	給予機會	幫你的忙

10

give out 分給、分發、分配、耗盡

往外的（out）和給予（give）一起時，有「分發」、「分給」、「分配」之意；out 有「用盡」之意，也有「耗盡」的意思。

核心表現

· **give out** the papers
分發考卷

· **give out** personal information
告知個人資訊

· **give out** the food
分送食物

· My legs **give out**.
我雙腿無力。

核心例句

The teacher **gave out** the exam papers.
老師發放考卷。

They **give out** the food at the park every weekend.
他們每周會在公園裡分送食物。

11

give up （所有）拿出來、放棄、降服

完全、所有（up）和給予（give）使用時，有「全部給予」、「放棄」或「降服、投降」的意思。

核心表現

· **give up** drinking
戒酒

· **give up** smoking
戒菸

· **give up** the game in the second round
第二回合時放棄比賽

· **give up** my seat
讓出位子

核心例句

Don't **give up**. You can do it.
別放棄，你做得到。

He **gave up** his seat to a pregnant woman.
他讓位給孕婦。

give off 散發、噴發

「分離」之意的 off 和 give 一起使用時，有往四方散發的「噴發」之意。

核心表現

· **give off** a bad smell
發出惡臭

· **give off** gas
散出瓦斯

· **give off** oxygen
散發氧氣

· **give off** bright light
發出亮光

核心例句

The flashlight **gives off** bright light for emergency situation.
在緊急狀況時，手電筒會發出亮光。

The waste **gave off** a very bad smell.
垃圾發出惡臭。

give away 免費給予、分發、讓

有慢慢遠離或離開之意的 away 和 give 一起使用時，有「分給」之意。

核心表現

· **give away** samples
發送試用品

· **give away** my money (fortune)
捐獻我的錢（財產）

· **give away** food
分發食物

核心例句

Tom **gave away** his fortune to charities.
Tom 把他的財產捐給慈善團體。

He **gave away** free samples to promote the product.
他發送試用品來做產品推銷。

★ 請先閱讀以下中文句子後，填入 give 來完成英文句子。

01. 你能載我到市區嗎？

Can you _____ _____ _____ _____ downtown?

02. 請放過我一次吧！

_____ _____ _____ _____!

03. 在公車上我讓位給一位老婦人。

I _____ _____ _____ _____ to an old lady in a bus.

04. 你想活得久就戒菸吧。

_____ _____ smoking if you want to live long.

05. 七點時請叫請我。

_____ _____ _____ _____ _____ at 7, please.

06. 你捐過血嗎？

Have you ever _____ _____?

07. 護士幫我打針。

The nurse _____ _____ _____ _____.

08. 請代我問候你父母親。

_____ _____ _____ to your parents.

09. 你能幫我打折嗎？

Could you _____ _____ _____ _____?

10. 電影恐怖到令我起雞皮疙瘩。

The movie was scary enough to _____ _____ _____ _____.

[Answers]
1. give me a ride   **2.** Give me a chance (break)   **3.** gave up my seat   **4.** Give up
5. Give me a wake-up call   **6.** given blood   **7.** gave me a shot   **8.** Give my regards
9. give me a discount   **10.** give me goose bumps

11. 他將會作三十分鐘的主題演講。

He will _____ _____ _____ on the topic for 30 minutes.

12. 讓我們為他熱烈鼓掌。

Let's _____ _____ _____ _____ _____.

13. 這花的香味很香。

The flower _____ _____ a pretty smell.

14. 警察開了一張超速罰單給我。

The police officer _____ _____ _____ _____ _____.

15. 你好像找錯錢給我了。

I'm afraid you _____ _____ _____ _____ _____.

16. 老師分發考試卷。

The teacher _____ _____ the examination papers.

17. 請交出答案卷。

_____ _____ your answer sheet.

18. 別放棄，你做得到。

Don't _____ _____. You can do it.

19. 請再給我兩天的時間。

Please _____ _____ _____ _____ _____.

20. 我才說完，他就瞪我。

He _____ _____ _____ _____ _____ when I said it.

[Answers]
11. give a presentation   **12.** give him a big hand   **13.** gives off
14. gave me a speeding ticket   **15.** gave me the wrong change   **16.** gave out
17. Give in   **18.** give up   **19.** give me two more days   **20.** gave me a dirty look

Unit 17

ask

問、邀請、拜託

ask - asked - asked

ask 不僅有「問、提問」之意，還有「邀請」之意。會以〔ask + 受詞〕、〔ask + 間接受詞 + 直接受詞〕形式的句型出現，或在 ask 後加上 if、whether 子句或疑問詞子句。

ask + 受詞　問～、發問

ask 當及物動詞使用時，會以〔ask + 受詞 + 介系詞 + 名詞〕的形式使用，有「詢問～」的意思。

 核心表現

- **ask some questions**
  問些問題
- **ask your email address**
  問你的電子郵件
- **ask your phone number**
  問你的電話號碼
- **ask something** about a computer
  問關於電腦的事

 核心例句

May I **ask your phone number**?
我可以問你的電話號碼嗎？

Can I **ask something** about a computer?
我能問你有關於電腦的事嗎？

ask + 人 + 事物　向～問～、拜託

以〔ask + 間接受詞 + 直接受詞〕形式使用時有「向某人問某事」之意，但〔ask + 人 + a favor〕或〔ask a favor of + 人〕使用時，有「拜託某人」的意思。

 核心表現

- **ask you something**
  問你事情
- **ask him his name**
  問他他的名字
- **ask you a personal question**
  問關於你的私人問題
- **ask you a favor**
  拜託你

 核心例句

Can I **ask you something**?　我可以問你事情嗎？
May I **ask you a favor**?　我可以拜託你嗎？
He **asked students their names**.　他問學生們的名字。

03

ask + 疑問詞子句　問有關於～

使用〔ask +（受詞）+ 疑問詞 + 主詞 + 動詞〕時，有「透過疑問詞來詢問或提問」的意思。

核心
表現

· **ask where he lives**
問他住在哪裡

· **ask her when he moved out**
問她他何時搬走

· **ask her how old she is**
問她幾歲

· **ask what happened to her**
問她怎麼了

· **ask him why he left her**
問他為何離開她

· **ask him how much it is**
問他這個多少錢

核心
例句

She **asked me where I live**.
她問我住在哪裡。

He **asked her how old she was**.
他問她幾歲。

04

ask + if 子句　詢問是否～

以〔ask +（受詞）+ if + 主詞 + 動詞〕形式出現時，有「詢問是否～」之意。

核心
表現

· **ask him if he remembers me** 問他是否記得我
· **ask him if he can go there** 問他可不可以去
· **ask her whether it is true or not** 問她是真的還是假的
· **ask her whether it will rain tomorrow** 問她明天是否會下雨

核心
例句

I'll **ask him if he can go there tomorrow**.
我會問他明天可不可以去。

I will **ask her whether it will rain tomorrow**.
我會問她明天是否會下雨。

ask + 受詞 + to 不定詞　請求做～

ask 主要的意思為「問～」或「請求～」的意思，當以〔ask + 受詞 + to 不定詞〕形式使用時，to 後面則會出現主要的請求動作。

核心
表現

· **ask her to marry** me
要她嫁給我

· **ask her to call** me as soon as possible
要她快點打電話給我

· **ask her to turn** on the TV
請她打開電視

· **ask him to help** you
請他幫你

核心
例句

He **asked her to turn** on the TV.
他請她打開電視。

Jane **asked him to help** her.
Jane 請他幫忙。

ask for + 名詞　要求～、拜託、請求

〔ask for + 名詞〕有「請求～、拜託」之意；〔ask + 受詞 + for + 名詞〕有「向誰～要求～」之意，for 後面則為「所要求的內容」。

核心
表現

· **ask for trouble**
自找麻煩

· **ask for a raise**
要求加薪

· **ask for the moon**
要求月亮（異想天開、要求不可能的事）

· **ask him for some money**
跟他要點錢

核心
例句

I'm not **asking for the moon**.
我沒有異想天開。

I **asked him for some money**.
我跟他要了點錢。

07

ask out 叫到外面

ask out 是要求（ask）往外（out），「叫某人到外面」、
「要求約會」的意思。

核心
表現

· **ask** her **out**
  約她出去

· **ask** me **out** to dinner
  招待我出去吃晚餐

· be **asked out**
  被約出去

核心
例句

Why don't you **ask** her **out**?
你為何不約她出去？

I was **asked out** by two guys.
我被兩個男子約出去。

●**自我檢測！** 動動腦，看圖連連看，找出適合的搭配用法！

· ask for some money

· ask you something

· ask some questions

[Answers]	ask some questions 問些問題	ask you something 問你事情	ask for some money 要錢

197

★ 請先閱讀以下中文句子後，填入 ask 來完成英文句子。

01. 我可以問關於你的個人問題嗎？

Can I ＿＿＿＿＿ ＿＿＿＿＿ a personal question?

02. 我問他那個是多少錢。

I ＿＿＿＿＿ ＿＿＿＿＿ ＿＿＿＿＿ ＿＿＿＿＿ it was.

03. 我會問她是真的還是假的。

I'll ＿＿＿＿＿ ＿＿＿＿＿ ＿＿＿＿＿ it is true or not.

04. 我會問老闆是否能幫我加薪。

I'll ＿＿＿＿＿ ＿＿＿＿＿ ＿＿＿＿＿ ＿＿＿＿＿ I can get a raise.

05. 你為何不請他幫你忙？

Why don't you ＿＿＿＿＿ ＿＿＿＿＿ ＿＿＿＿＿ ＿＿＿＿＿
＿＿＿＿＿?

06. 等她回來以後，請她馬上聯絡我。

＿＿＿＿＿ ＿＿＿＿＿ ＿＿＿＿＿ ＿＿＿＿＿ ＿＿＿＿＿ as soon
as she comes back.

07. 我要她嫁給我。

I ＿＿＿＿＿ ＿＿＿＿＿ ＿＿＿＿＿ marry me.

[Answers]
1. ask you **2.** asked him how much **3.** ask her whether **4.** ask my boss if
5. ask him to help you **6.** Ask her to call me **7.** asked her to

08. 就算是月亮，我也能幫你摘下。

_____ _____ _____ _____ , I'll get it for you.

09. 有個乞丐要我給他點錢。

A beggar came up to me and _____ _____ some money.

10. 如果我是你，我會要求加薪。

If I were you, I would _____ _____ a raise.

11. 他什麼時候會約妳出去？

When will he _____ _____ _____ ?

12. 我可以問一下薪水嗎？

May I _____ _____ the salary?

13. 我想約她出去，但卻沒有勇氣。

I want to _____ _____ _____ , but I don't have the courage.

Unit 18

bring

帶來、帶領
bring - brought - brought

bring「帶來」和 take「帶走」有著相反之意，當
對方在眼前或有帶物品（人）去該地點的話，可用
bring，也就是「帶去（那）」的意思。如往對方走
去用「我過去（我往那去）」的 I'm coming，bring
的用法也大致相同。

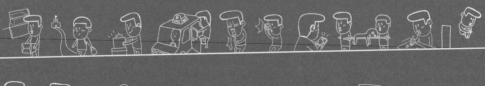

01

bring + 受詞　帶～、帶領

bring 有「帶～來」的意思，和 get 用法類似，後面會接受詞作及物動詞使用。

核心表現

· **bring it** here
把它帶來

· **bring my lunch**
帶我的午餐

· **bring a present** for her
帶禮物給她

· **bring her** home
帶她回家

· **bring your friend** to the party
帶朋友來派對

· **bring the umbrella** with you
帶傘

核心例句

If you have a girlfriend, **bring her home**.
如果你有女朋友，可以帶她到家裡來。

Did you **bring your lunch**?
你有帶午餐嗎？

Bring your friend to the party.
帶你的朋友來派對。

02

bring + 人 + 事物　幫～帶～、帶給

bring 為授與動詞，以〔bring + 間接受詞 + 直接動詞〕的形式使用時，有「幫某人帶某物；帶給～」之意。

核心表現

· **bring me a glass of water**
幫我拿杯水

· **bring me the receipt**
拿收據給我

· **bring me a plastic bag**
幫我拿個塑膠袋

· **bring him fame**
帶給他名望

核心例句

Could you **bring me a glass of water**?
你可以幫我拿杯水嗎？

The drama **brought him wealth and fame**.
電視劇帶給他財富和名望。

bring 帶來、招致

03

bring 有「帶來某種狀況」、「擁有某種結果」之意,如 bring on、bring about 有「招致～」的意思。

核心表現

· **bring** changes
帶來改變

· **bring** so many problems
帶來許多問題

· **bring** tears to her eyes
她流下眼淚

· **bring** disaster
帶來災害

· **bring** happiness
帶來幸福

· **bring** rain
下雨

核心例句

New technology will **bring** so many changes to our society.
新的技術讓我們的社會帶來許多變化。

The war between those countries will **bring** disaster.
兩國之間的戰爭會引起許多災難。

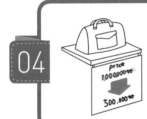
04

bring down 下降、推翻

帶來某物(bring)並往下(down)時,有「把該物品下降」之意,若牽扯到政權則有「推翻」、讓人下降則有「讓某人憂鬱」的意思。

核心表現

· **bring down** the price
降低價格

· **bring down** the government
推翻政府

· **bring down** the curtain
把窗簾往下拉

· **bring** you **down**
讓你失望、憂鬱

核心例句

Could you **bring down** the curtain?
你可以把窗簾放下來一點嗎?

I won't **bring** you **down**.
我不會讓你失望的。

05 | bring up 提出、培育

將物品帶來（bring）並往上（up），有「把某物提起」、「談論到」之意，另外也有「養育」的意思。

核心表現

· **bring up** the question
提出問題

· **bring up** children
養育孩子們

· **bring** it **up**
將它提出、談論提及

· be **brought up** in the country
在鄉下長大

核心例句

I'm not in the mood to **bring** it **up** now.
我現在沒有心情談論它。

I was **brought up** in the country until I was 8 years old.
八歲前，我都是在鄉下長大。

06 | bring out 拿出來、推出

將某物品往外（out）拿出（bring）有著「拿出來」之意，另有「推出商品」的意思。

核心表現

· **bring out** a new model 推出新模型
· **bring out** a new edition 發行新版本
· **bring out** new evidence 拿出新證據

核心例句

The company **brought out** a new model.
公司推出新模型。

The police **brought out** new evidence.
警察拿出新的證據。

★ 請先閱讀以下中文句子後，填入 bring 來完成英文句子。

01. 可以幫我拿個塑膠袋嗎？

Could you ＿＿＿＿ ＿＿＿＿ ＿＿＿＿ ＿＿＿＿
＿＿＿＿?

02. 可以幫我買杯咖啡嗎？

Will you ＿＿＿＿ ＿＿＿＿ some coffee?

03. 我帶了些花給你。

I ＿＿＿＿ ＿＿＿＿ ＿＿＿＿ for you.

04. 別忘記要戴頂帽子。

Don't ＿＿＿＿ ＿＿＿＿ ＿＿＿＿ the hat with you.

05. 記得要帶身分證。

Make ＿＿＿＿ ＿＿＿＿ ＿＿＿＿ your ID card.

06. 他決定帶午餐去上班。

He ＿＿＿＿ ＿＿＿＿ ＿＿＿＿ ＿＿＿＿ to work.

07. 他們計畫推翻政府。

They had a plan to ＿＿＿＿ ＿＿＿＿ ＿＿＿＿ ＿＿＿＿.

[Answers]
1. bring me a plastic bag **2.** bring me **3.** brought these flowers **4.** forget to bring
5. sure to bring **6.** decided to bring lunch **7.** bring down the government

08. 他要在下一次開會時提出這個問題。

He's going to _____ _____ _____ _____ at the next meeting.

09. 養育小孩並不簡單。

It's not easy to _____ _____ _____ _____.

10. 公司將在春天時推出新車款。

The company will _____ _____ a new car this coming spring.

11. 他們推出新書版本。

They _____ _____ a new edition of the book.

12. 我現在沒有心情談論它。

I'm not in the mood to _____ _____ _____.

13. 只要是你想要的，我都能給你。

I will _____ _____ _____ you want.

Unit 19

use

利用、使用
use - used - used

use 有「使用」之意，使用範圍很廣，如「使用公
車」、「動用暴力」、「利用別人」、「運用能
力」等，有許多不同的說法。

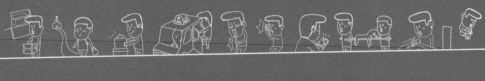

use 利用、使用

use 有「利用」、「使用」之意，如我們中文常說的某某使用、用途，大多用 use 來表示。

01

核心表現

· **use** the screwdriver
使用螺絲起子

· **use** public transportation
利用大眾交通工具

· **use** a pencil
使用鉛筆

· **use** the bathroom
使用廁所

核心例句

He **used** the screwdriver to fasten the screw.
他用螺絲起子來鎖緊螺絲。

I usually **use** public transportation to go to work.
我通常都搭乘大眾交通工具去上班。

use 使用能量等、運用

02

使用水或電力等能量資源時，可用 use「使用」來表示。

核心表現

· **use** too much water
用太多水

· **use** gas
使用瓦斯

· **use** energy from the sun
利用太陽的能量

· **use** less electricity
少用點電力

核心例句

Don't **use** too much water for your shower.
你淋浴時不要用太多的水。

This air conditioner **uses** less electricity than others.
這冷氣消耗的電力比其他台少。

use 使用言語、暴力、武力等；行使～

當「使用不好話語」或是「動用武力」等，都可用 use 表示。

核心
表現

· **use** bad words
罵髒話

· **use** force
使用武力

· **use** willpower
使用意志力

· **use** military force
動用軍力

核心
例句

He **uses** a lot of bad words when he talks.
他說話時會用許多髒話。

You have to **use** your willpower to defeat them.
你必須用你的意志力來打敗他們。

use 利用（人等）、運用

除了使用物品之外，使用人、機會、地緣等抽象對象時，可用 use 表示。

核心
表現

· **use** me
利用我

· **use** your connections
用你的人脈（關係）

· **use** your head
用你的頭腦

· feel **used**
感覺被利用

核心
例句

He **used** me like a dog.
他把我當狗一般的使喚。

You **can** use your connections to get a job.
你可用你的人脈來找工作。

I feel so **used**. She just dated me to get a loan.
我感覺被利用了，她只是為了要貸款而跟我約會。

use up 用盡

05

up 有「到底、用盡」的意思，use up 則有「將～全都用盡」之意。

核心
表現

· **use up** all her money　把她的錢全部用光
· **use up** natural resources　用盡天然資源
· **use up** the shampoo　用完洗髮精
· **use up** his energy　他的力量全耗盡

核心
例句

She **used up** all her money on shopping.
她把錢全花在購物上。

He **used up** all his energy to finish the project.
他為了完成這專案，把精力全部耗盡。

What if we **use up** all our natural resources?
如果我們把天然資源都用光了那該怎麼辦？

● **自我檢測！**　動動腦，看圖連連看，找出適合的搭配用法！

· 　　　　　　　　　　　　· use bad words

· 　　　　　　　　　　　　· use someone

· 　　　　　　　　　　　　· use the screwdriver

[Answers]	use the screwdriver 使用螺絲起子	use someone 利用某人	use bad words 罵髒話

★ 請先閱讀以下中文句子後，填入 use 來完成英文句子。

01. 你把防曬油都用完了？

Have you _____ _____ your sun block lotion?

02. 我用筆來填寫申請書。

I _____ _____ _____ to fill in the application.

03. 我不知道如何使用這個程式。

I can't figure out _____ _____ _____ _____ _____.

04. 我的車消耗很多汽油。

My car is _____ _____ _____ _____.

05. 警察用武力來阻擋示威。

Police _____ _____ to stop the demonstration.

06. 我可以用這電話嗎？

Can I _____ _____ _____?

07. 你知道該怎麼使用嗎？

Do you know _____ _____ _____ _____?

08. 很多人在網路上罵髒話。

A lot of people _____ _____ _____ on the internet.

09. 動動你的頭腦，這問題很簡單。

_____ _____ _____. It's an easy question.

10. 他用人脈來找工作。

He _____ _____ _____ to get a job.

[Answers]
1. used up **2.** used a pen **3.** how to use this program **4.** using too much gas
5. used force **6.** use this phone **7.** how to use this **8.** use bad words
9. Use your head **10.** used his connections

Unit **20**

let

讓～、允許
let - let - let

let 有「讓～」、「允許」之意，是日常生活中經常使用的重要動詞，如通常電影中常出現挾持人質的犯人和警察對峙時，常說的 Let her go!（放她走！）。let 主要被當作使役動詞，常和其他動詞一起使用。

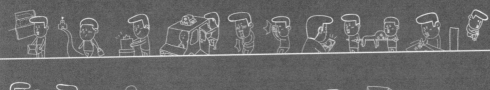

let + 受詞 + 動詞原型　讓～

let作使役動詞並以〔let + 受詞 + 動詞原型〕形式出現時，有「讓～」、「使喚～」之意。

核心
表現

· **let her go**
讓她走

· **let him do** it
讓他做

· **let you know**
讓你知道

· **let him pay** for it
讓他來付錢

核心
例句

I won't **let her go**.
我不會讓她走。

Let him pay for it.
讓他來付錢。

let + 受詞 + 動詞原型
獲得允許讓某人做～

〔let + 受詞 + 動詞原型〕有「獲得允許讓某人做～」之意，也可表示某人做該事情的意志。

核心
表現

· **let me buy** you dinner
讓我請你吃晚餐

· **let me take** you home
讓我帶你回家

· **let me help** with your bag
讓我來幫你提包包

· **let me finish** it
讓我結束它

· **let me pour** a drink
讓我來倒飲料（酒）

核心
例句

Let me buy you dinner this time.
這次讓我請你吃晚餐。

Let me help with your bag.
讓我來幫你提包包。

Let me pour a drink.
讓我來倒酒。

03

let's + 動詞原型　做～吧（建議、提議）

使用〔let's + 動詞原型〕形式時有「做～吧」，表現出建議、提議的意思。

- **Let's go** see a movie.
  去看電影吧。

- **Let's take** a break.
  休息一下吧。

- **Let's go** to bed early.
  早點睡吧。

- **Let's have** some food.
  吃些東西吧。

- **Let's take** the deal.
  接受建議吧。

- **Let's do** it quickly.
  快點動作吧。

Let's have some food. I'm really hungry.
吃點東西吧，我餓死了。

Let's take a break! We need to get some rest.
休息一下吧！我們需要休息。

04

let in　允許進入

let in 有「進入、入內」的意思，不僅可用在人身上，也可以空氣或其他物品為受詞。

- **let in** fresh air　讓新鮮空氣進來
- **let** me **in**　讓我進去
- **let in** the next patient　讓下一個病人進來
- **let** the people **in**　讓人們進來

We need to open the window and **let in** light and fresh air.
我們要開窗讓光線和新鮮的空氣進來。

Could you **let in** the next patient?
能讓下一個病患進來嗎？

let out 往外出去

讓（let）它往外（out），有讓某個對象「往外出去」的意思。

核心
表現

- **let out** the bad air
  讓不好的空氣出去
- **let out** all feelings
  展現出所有情感
- **let out** anger
  表現出憤怒

- **let out** the secret
  讓祕密曝光
- **let out** stress
  釋放、消除壓力
- **let out** a breath
  吐氣、呼氣

核心
例句

Let the people **out.** We are closed for the day.
讓人們出去，今天結束營業了。

Take a deep breath and **let** it **out** slowly.
深呼吸，然後慢慢吐氣。

let down 垂下、失望

有允許（let）讓某物往下（down）之意，有「物品垂下或是心情低落」之意，也有「失望」的意思。

核心
表現

- **let** my hair **down** 把我的頭髮放下
- **let** me **down** 令我失望

核心
例句

After she washed her hair, she **let** her hair **down**.
她洗完頭髮後，把頭髮垂下。

Don't **let** me **down**!
別讓我失望！

★ 請先閱讀以下中文句子後，填入 let 來完成英文句子。

01. 我之後再告訴你結果。

I'll _____ _____ _____ the result later.

02. 讓他走，他自由了。

_____ _____ _____. He is free now.

03. 讓她接電話，她男朋友打電話給她。

_____ _____ _____ the phone. Her boyfriend called her.

04. 讓我看一下照片。

_____ _____ take a look at the picture.

05. 他們只讓受邀請的人進來。

They only _____ _____ _____ who were invited.

06. 讓我喘一下氣。

_____ _____ _____ my breath.

07. 我開窗讓不好的空氣出去。

I opened the window and _____ _____ the bad air.

08. 警察審問他，但他沒透露任何祕密。

The police questioned him, but he didn't _____

_____ _____ _____.

09. 我想一個人，別讓任何人進來。

I want to be alone. Don't _____ _____ _____.

10. 我不會讓你失望的。

I won't _____ _____ _____.

[Answers]
1. let you know **2.** Let him go **3.** Let her answer **4.** Let me **5.** let in people
6. Let me catch **7.** let out **8.** let out the secret **9.** let anybody in **10.** let you down

Unit 21

pay

支付

pay - paid - paid

pay 是有「支付」之意的動詞，當名詞使用時有
「給予」的意思，當 pay 作非受詞的不及物動詞使
用時，有「有利益」、「划算」的意思。

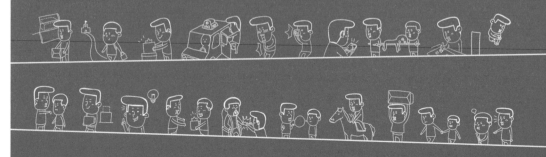

pay + 金額　支付～、支付給～

01

pay 以〔pay + 受詞〕形式出現，當及物動詞使用時有「支付金錢」的意思。

- **pay the rent**
  付租金
- **pay the tuition fee**
  付學費
- **pay a fine**
  付罰金
- **pay the debts**
  還債
- **pay the taxes**
  繳稅金
- **pay the price**
  付代價

You have to **pay the rent** by this Friday.
你必須在這禮拜五之前付租金。

You will **pay the price** for it.
你會付出代價的。

pay + 介系詞 + 名詞　用～支付

02

pay 作不及物動詞使用時，表示「支付的方法」。

- **pay in cash**
  付現
- **pay in dollars**
  付美金
- **pay in full**
  一次付清
- **pay in three month installments**
  三個月分期
- **pay in advance**
  預付
- **pay by (with) credit card**
  刷卡

Do I have to **pay in cash** or by credit card?
我要付現還是刷卡呢？

You have to **pay in advance**.
你必須先支付。

I'll **pay in full**.
我一次付清。

03

pay + 受詞 + 受詞　讓～支付～

pay 作授予動詞，後面出現兩個受詞時，會以〔pay + 人 + 錢 + for + 支付對象〕的形式出現，此時的人和錢可被省略，以 pay for 來使用，並有「讓～來負擔費用」的意思。

核心
表現

- **pay him money for the rent**
  給他錢去付房租
- **pay for dinner**
  付晚餐錢
- **pay for it**
  付出代價

- **pay for the clothes**
  付買衣服的錢
- **pay 500 bucks for the car**
  用五百美金買車

核心
例句

You **paid for dinner** last time, so I'll treat you this time.
你上次付過晚餐錢，所以這次換我請你。

I **paid 500 bucks for that piece of junk**.
我花了五百美金買了那台舊車。

You will **pay for it** someday!
總有一天你會付出代價的！

04

pay　划算、獲得利益

pay 當不及物動詞使用，後面又無受詞時，有「划算」、「取得利益」之意。

核心
表現

- Hard work **pays**.
  認真工作會有回報。
- The business **pays**.
  這筆生意很划算。

- The job **pays**.
  划算的工作。

核心
例句

Your job will **pay**. You will make a lot of money.
你的工作會有賺頭，你能賺到很多錢。

I think this business will **pay**.
我想這筆生意很划算。

pay off 清算、有成果

off 有抖、拍打、撣某物的意思，和 pay 共同使用時有把錢都還清的意思，故有「全還清」或「有結果」之意。

核心表現

· **pay off** the debt
還清債務

· **pay off** the mortgage
還清房貸

· Efforts **pay off**.
努力會有收穫。

核心例句

I may be able to **pay off** the debt within one year.
我應該能在一年之內還清債務。

How can I **pay off** the mortgage?
我該怎麼付貸款呢？

pay back 償還、報復

pay back 有「再次支付」之意，有「退賠」或「報復」的意思。

核心表現

· **pay back** the money 還錢

· **pay** you **back** 報復你

核心例句

I'll **pay back** the money within a month.
我會在一個月內還錢。

I'll **pay** you **back** for this one day.
總有一天我會報復的。

07 pay + 名詞　做～

以下是與 pay 相關的其他用法。

核心 表現

- · **pay attention** 注意
- · **pay lip service** 嘴巴上說得好聽、隨口說說
- · **pay (a) silent tribute** 默哀
- · **pay a visit** to a museum　參觀博物館
- · **pay a compliment** to him　讚美、稱讚他

核心 例句

Pay attention to the teacher.
注意聽老師的話。

You are just **paying lip service** to me.
你只是隨口說說而已。

They **paid a silent tribute** to victims of the earthquake.
他們為地震的犧牲者們默哀。

They **paid a visit** to a museum on a holiday.
他們在假日時參觀博物館。

●自我檢測！　動動腦，看圖連連看，找出適合的搭配用法！

· pay the rent

· pay off

[Answers]　　pay the rent　　pay off
　　　　　　　付房租　　　　償還

★ 請先閱讀以下中文句子後，填入 pay 來完成英文句子。

01. 她借錢付學費。

She borrowed the money to _____ _____ _____ _____.

02. 我能用美金買那個襯衫嗎？

Can I _____ _____ _____ to buy that shirt?

03. 我要預付嗎？

Do I _____ _____ _____ ?

04. 你想一次付清還是分期付款？

Would you like to _____ _____ _____ or in installments?

05. 這衣服你買多少錢？

How much did you _____ _____ _____ _____ ?

06. 他把車停在路邊被開罰單。

He _____ _____ _____ for parking on sidewalk.

07. 你必須知道努力工作就會有收穫。

You should know _____ _____ _____ .

08. 等到我付清房貸後，就會買台新車。

After I _____ _____ _____ _____ , I will buy a new car.

09. 你何時要還我錢？

When will you _____ _____ _____ _____ _____ ?

10. 他總是隨口說說而已。

He always _____ _____ _____ to it.

[Answers]
1. pay a tuition fee　**2.** pay in dollars　**3.** pay in advance　**4.** pay in full
5. pay for the clothes　**6.** paid a fine　**7.** hard work pays　**8.** pay off the mortgage
9. pay me back the money　**10.** pays lip service

Unit 22

try

嘗試、企圖
try - tried - tried

try 的基本意思為「嘗試」之意，可應用在酒、飲料、物品等，有「喝看看、用看看」、「穿看看」衣服等意思。尤其 try to... 有「努力做～」的意思，表現出未來的意思，try... V-ing 則有「（嘗試）試一次看看～」之意。

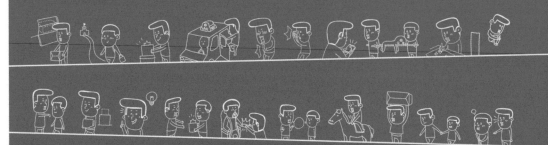

try + 名詞　嘗試～

〔try + 名詞〕有「嘗試～」之意，當出現食物、服裝時，則有「試吃、試穿」之意。

核心
表現

- **try this cake**
  試吃蛋糕
- **try another**
  試另一個
- **try it again**
  再試一次
- **try the sweater on**
  試穿毛衣
- **try Korean food**
  嘗試韓國食物

核心
例句

Have you ever **tried Korean food**?
你有吃過韓國食物嗎？

You want to **try it** again?
你想再試試看嗎？

---

try to + 動詞原型　努力做～、嘗試～

〔try to + 動詞原型〕有「嘗試～」、「努力做～」之意，可表現出積極的意志。

核心
表現

- **try to keep** in shape
  努力維持身材
- **try to control** my feelings
  努力控制自己的感情
- **try to persuade** people
  努力說服人群
- **try to remember** his name
  努力記住他的名字

核心
例句

I **tired to remember** her name but I couldn't.
我努力想記住她的名字，但是我做不到。

He **tried to persuade** her to join the club.
他努力說服她加入社團。

try V-ing 嘗試做～看看

03

〔try + 動名詞〕有「嘗試～一次」也就是表現出消極態度，「不行就算了，試一次看看」的意思。

核心表現

· **try eating** it
　試著吃它

· **try reading** the book
　試著看書

· **try putting** yourself in my shoes
　設身處地的用我的立場來想

· **try lifting** it up
　試著把它抬起來

核心例句

I **tried eating** raw fish and it tasted good.
我試著吃生魚片，它味道好極了。

Why don't you **try reading** this book? It's worth reading.
你為何不看這本書？很值得一讀。

This box is very heavy. **Try lifting** it up.
這箱子很重，試著抬看看。

● **自我檢測！** 動動腦，看圖連連看，找出適合的搭配用法！

 •

 •

• try to keep in shape

• try a cake

[Answers]	try a cake	try to keep in shape
	試吃蛋糕	努力維持身材

★ 請先閱讀以下中文句子後，填入 try 來完成英文句子。

01. 我努力用規律的運動來保持身材。

I _____ _____ _____ _____ _____ by working out regularly.

02. 我努力的控制感情，但無法再繼續下去了。

I've _____ _____ _____ my feelings, but I can't stand it anymore.

03. 不要想掩蓋它。

Don't _____ _____ _____ it up.

04. 我嘗試做蛋糕，但並不容易。

I _____ _____ _____ a cake but it was not easy.

05. 如果你想通過考試，那麼你必須更加努力。

If you want to pass the test, you must _____ _____.

06. 你有吃過狗肉嗎？

Have you ever _____ _____ _____?

07. 試穿毛衣看看，看是否舒服。

_____ _____ _____ _____ to make sure that you're comfortable in it.

08. 雖然心情不是很好，但我會努力露出微笑的。

I'm not in a good mood, but I'll _____ _____ _____ to smile.

09. 他試圖移動鋼琴。

He _____ _____ the piano.

10. 雖然失敗了，但我會再試的。

Though I failed, I will _____ _____.

[Answers]
1. try to keep in shape 2. tried to control 3. try to cover 4. tried to make 5. try harder
6. tried dog meat 7. Try the sweater on 8. try my best 9. tried moving 10. try again

Unit 23

hang

掛、繫
hang - hung - hung

hang 有「掛於～」、「繫～」之意。席維斯史特龍主演的「巔峰戰士」，英文有「懸掛於峭壁的人」的意思；而我們掛衣服的掛鉤或衣架也稱為「hanger」。除此之外 hang 有在固定地方所掛的搖晃衣架，或成隊伍的馬匹在固定場所內，繞圈奔跑的動作性，因此有「（一定距離內）躊躇」的意思。

01

hang 掛、曬、繫

hang 為及物動詞時有「掛於～」、「繫」的意思，指掛或繫的行為。

核心
表現

· **hang a picture**
掛照片

· **hang a hat**
掛帽子

· **hang the laundry**
掛洗好的衣服（曬衣服）

· **hang the wallpaper**
貼壁紙

· **hang posters**
貼海報

核心
例句

I want to **hang** this picture on the wall.
我想把這照片掛在牆上。

She **hung** the laundry out in the garden.
她把洗好的衣服曬在花園外。

02

hang up 掛於上方、掛斷電話

有「掛於上方」、「完全掛上」和「掛斷電話」之意，掛斷電話的由來是電話剛發明時，必須掛上聽筒才會結束對話。名詞的 hang up 有「自卑感」和「苦悶」的意思。

核心
表現

· **hang up** the coat
掛上外套

· **hang up** the curtain
掛上窗簾

· **hang up** the phone
掛斷電話

核心
例句

Where should I **hang up** my coat?
我的外套可以掛在哪？

I've got to **hang up** the phone now.
我必須掛電話了。

hang out 懸於外面、在外頭徘徊

hang out 有「常去某場所」或「一起玩耍」之意，尤其名詞的 hang out 有常去某場所之意。

核心表現

· **hang out** clothes
懸掛衣服

· **hang out** the flag
掛出國旗

· **hang out** with friends
和朋友玩耍

核心例句

On sunny days, I usually **hang out** my clothes to dry.
天氣好時，我通常會把衣服掛在外面晾乾。

Did you **hang out** the flag today?
你今天掛國旗了嗎？

I enjoy **hanging out** with my friends on weekends.
我喜歡和朋友們在周末時玩耍。

hang around （固定的）圍繞、環繞

hang around 主要是指無所事事的在周圍閒晃，並在一處「晃蕩」、「徘徊」之意。

核心表現

· **hang around** the street
在路上徘徊

· **hang around** together
在一起閒晃

· **hang around** with them
和他們在一起

核心例句

We **hung around** the street for two hours.
我們在路上閒晃了兩個小時。

There is a strange man **hanging around** our school.
有奇怪的人在我們學校徘徊。

Don't **hang around** with them.
別和他們在一起。

05 hang on 掛於～、黏著、維持

掛於（hang）某物上（on），有「掛於～」、「黏貼」、「維持」的意思。

 · **hang on** to the rope
抓緊繩索

· **hang on** (for) a minute
稍等一下

 Hang on to the rope. I'll get you.
抓緊繩子，我會救你。

Hang on a minute. I'll get him.
稍等一下，我找他來。

● **自我檢測！** 動動腦，看圖連連看，找出適合的搭配用法！

 •

• hang around the street

 •

• hang up the phone

 •

• hang a picture

[Answers]	hang a picture 掛照片	hang up the phone 掛斷電話	hang around the street 在路上徘徊

229

★ 請先閱讀以下中文句子後，填入 hang 來完成英文句子。

01. 把你的帽子掛在掛鉤上。

_____ _____ _____ on the hook.

02. 我們該掛電話了。

We really should _____ _____ now.

03. 海報有點掛太高了。

The posters _____ _____ pretty high.

04. 她把衣服掛在曬衣繩上。

She _____ _____ clothes on a clothesline.

05. 我們來掛國旗吧。

Let's _____ _____ the flag.

06. 我和朋友們在公園裡閒逛。

I _____ _____ _____ my friends at a park.

07. 他們很親近，經常處在一起。

They are very close and they always _____ _____ together.

08. 等一下！我把你帶出去。

_____ _____ there! I'll get you out.

09. 我的外套該掛在哪裡？

Where can I _____ _____ _____ _____?

10. 我喜歡跟你在一起閒晃。

I like _____ _____ with you.

[Answers]
1. Hang your hat 2. hang up 3. were hung 4. hung out 5. hang out
6. hung out with 7. hang around 8. Hang on 9. hang up my coat 10. hanging out

work

工作、運轉
work - worked - worked

work 有「工作」、「活動」的意思，若以人為主
詞時有「作業」、「工作」之意；事物為主詞時有
「運轉」、「自動」之意，除了指「工作」以外，
另有「作用」、「有效果」的意思。

圖解
英文動詞
的奇蹟！

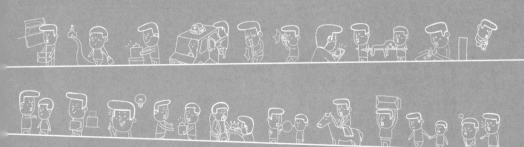

work 工作、讀書

01

work 當不及物動詞的代表意思為「工作」。

核心表現

· **work hard**
認真工作、讀書

· **work part-time**
打工

· **work his way through college**
他大學時半工半讀

· **work on holidays**
在假日工作

· **work full-time**
全職

核心例句

He **worked** very hard to pass the test.
他為了要通過考試而努力讀書。

I don't mind **working** late or **working** on holidays.
我不介意加班或在假日時工作。

I **worked** part-time at a convenience store.
我在超商打工。

work 有效果、有幫助、自動

02

work 除了「工作」之外,也有「有效果」、「有幫助」之意。

核心表現

· **It works.**
這有效。

· **The radio works.**
收音機可用。

· **It doesn't work.**
這沒有用。

· **The medicine works.**
藥品有效果。

核心例句

My old radio still **works** very well.
我的舊收音機還可以很順暢的使用。

Is that gonna **work**?
那樣會有效果嗎?

03

work for　在～工作

work for 有「為～工作」之意，常以〔work for + 企業名稱〕的形式使用。另外「你為誰工作？」也就是在問「任職公司」或「職業」的疑問句。

· **work for** Samsung
在三星工作

· **work for** the government
為政府工作（當公務員）

My cousin **works for** Samsung.
我表哥在三星工作。

My father **works for** the government.
我爸爸是公務員。

04

work out　順利解決、運動

有「作用」、「有效果」之意的 work，和完全之意的「out」共同使用時，有「順利起作用」、「有效果」的意思，也被使用為「運動」的意思。

· The plan **works out**.
計畫順利進行。

· **work** it **out**
解決它

· **work out** at a gym
在健身房運動

Don't worry. He'll **work out** the problem.
別擔心，他會解決問題的。

I **work out** at a gym every day.
我每天在健身房運動。

05

work at 在～工作

at 有「在～」的意思，和 work 共同使用時，有「在～工作」、「執勤於～」之意。

· **work at a company**
在公司工作

· **work at a bank**
在銀行工作

He **works at** a company.
他在公司工作。

My father **works at** a bank.
我爸爸在銀行上班。

06

work on 做～的工作、持續工作

on 有「連續」、「對於～」之意，work on 有「進行～相關的作業」和「連續工作」之意，但主要使用「做～的工作」之意。

· **work on it**
進行有關它的作業

· **work on a computer**
進行電腦相關工作

· **work on a case**
進行相關案件

She is **working on** it.
她正在處理。

He is **working on** a computer.
他正在修理電腦。

They are still **working on** the case.
他們還在調查那案件。

★ 請先閱讀以下中文句子後，填入 work 來完成英文句子。

01. 我為了通過考試，而努力念書。

I _____ _____ to pass the test.

02. 它對我沒有效果。

It doesn't _____ for me.

03. 我的電腦開不了。

My computer _____ _____.

04. 這藥沒有效果。

The medicine _____ _____.

05. 他在 LG 電子上班。

He _____ _____ LG Electronics.

06. 我在貿易公司工作七年。

I _____ _____ the trading company for seven years.

07. 你明天可以跟我一起上班嗎？

Can you _____ _____ me tomorrow?

08. 我今天必須熬夜工作才行。

I need to _____ _____ _____.

09. 你有在健身（運動）嗎？

Do you _____ _____?

10. 你在這裡工作嗎？

Do you _____ _____?

[Answers]
1. worked hard   2. work   3. doesn't work   4. doesn't work   5. works for
6. worked at   7. work with   8. work all night   9. work out   10. work here

圖解
英文動詞
的奇蹟！

Unit **25**
play

玩
play - played - played

有「玩耍」意思的 play，使用 play with 形式時有
「和～一起玩耍」、「帶著～玩耍」之意，另外
「演奏樂器」、「做運動」也使用 play。

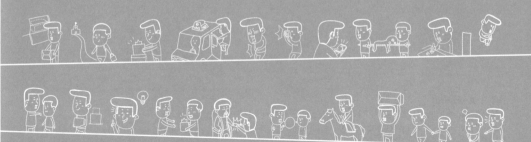

play + 樂器、比賽
玩、進行（比賽）、演奏（樂器）

play 和樂器使用時有「演奏樂器」之意；和運動一起使用時則有「進行～運動」；後面若是加上遊戲名稱，有「玩～遊戲」的意思。

· **play the piano**
彈鋼琴

· **play basketball**
打籃球

· **play chess**
玩西洋棋

· **play hide and seek**
玩捉迷藏

· **play pirates**
玩海盜船

· **play house**
玩扮家家酒

He is good at **playing the piano**.
他很會彈鋼琴。

Let's **play hide and seek**.
我們來玩捉迷藏。

play + 角色等　扮演（角色）、開（玩笑）

〔play + 角色等〕的形式時，有「扮演～角色、當～角色」之意，主要以〔play + 形容詞〕，有「裝作～」的意思。

· **play Juliet**
扮演茱麗葉

· **play a leading role**
扮演主角

· **play hooky**
翹課

· **play the fool**
裝傻、裝笨

· **play dumb**
裝笨、裝啞

· **play innocent**
裝無罪、裝天真

She **played the leading role** in that movie.
她在那部電影中扮演主角。

Don't **play innocent**. I know you are lying.
別裝了，我知道你在說謊。

03

play with 和～一起玩耍、帶著～玩耍

play 與有「一起」意思的介系詞 with 一同使用時，有「和誰一起玩耍」或「帶著什麼物品玩耍」的意思，此時的 play 會以孩子們玩的遊戲為主，這點須注意。

核心
表現

· **play with** my father
  和我爸爸玩

· **play with** me
  和我玩

· **play with** a toy
  玩玩具

· **play with** fire
  玩火

核心
例句

I **played with** my father today.
我今天和我爸爸一起玩耍。

It's fun to **play with** a toy.
玩具真是好玩。

Are you **playing with** me?
你在跟我開玩笑嗎？

Don't **play with** fire. It's dangerous.
不要玩火，很危險。

● **自我檢測！** 動動腦，看圖連連看，找出適合的搭配用法！

  ·

  · play Juliet

  ·

  · play the piano

[Answers]   play the piano   play Juliet
                 彈鋼琴   扮演茱麗葉

★ 請先閱讀以下中文句子後，填入 play 來完成英文句子。

01. 小孩喜歡玩球。

The baby likes _____ _____ a ball.

02. 我以前常和朋友們玩捉迷藏。

I used to _____ _____ _____ _____ with my friends.

03. 她很會彈鋼琴。

She is good at _____ _____ _____.

04. 我們下午來打籃球吧。

Let's _____ _____ in the afternoon.

05. 他在電影中扮演主角。

He _____ _____ _____ _____ in the movie.

06. 來玩別的遊戲吧。

Let's _____ _____ _____.

07. 別跟我開玩笑，我心情不好。

Don't _____ _____ _____. I am not in a good mood.

08. 你有翹課被抓到過嗎？

Have you ever _____ _____ and got caught?

09. 我爸爸忙到沒有時間和我一起玩耍。

My father is too busy to _____ _____ _____.

10. 別裝了，你騙不了我的。

Don't _____ _____. You cannot deceive me.

[Answers]
1. playing with   2. play hide and seek   3. playing the piano   4. play basketball
5. played a leading role   6. play another game   7. play with me   8. played hooky
9. play with me   10. play innocent

Unit **26**

move

移動、活動
move - moved - moved

move 當不及物動詞使用時有「移動」、「搬家」、「活動」的意思；當及物動詞使用時有「搬動～」、「動心」或「令人感動」的意思。

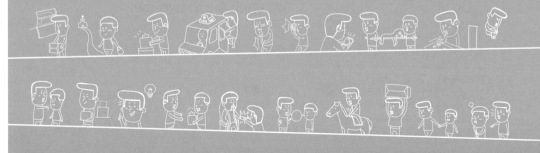

move 活動、移動

move 有「活動」和「移動至～」的意思。

 核心表現

· **move around the sun**
繞著太陽移動

· **move here** from China
從中國來（搬）到這裡

· **move out**
搬出

· **move southward**
往南部移動

· **move in**
搬入

· **move to Ilsan**
搬到一山（地名）

 核心例句

When winter has come, the birds **move** southward.
冬天一來，鳥類們都往南部遷徙。

I just **moved** here from China.
我剛從中國來到這裡。

move + 受詞 搬動～、使～感動

move 後面加上受詞並當及物動詞使用時，有「移動～、搬動」之意，也常被用為「人的內心動搖」、「使～感動」的意思。

 核心表現

· **move the furniture**
移動家具

· **be deeply moved**
被深深感動

· **move your car**
移動你的車

· **be moved to tears**
感動到流眼淚

 核心例句

Please **move your car**.
請移動你的車。

I **was deeply moved** by the movie.
我被電影深深感動。

move up　往上移動、往上活動

它不僅有「往上移動」的意思，也可表現在階層的移動、升遷等。往前的移動，也能用 up 來表示。

- **move up** to the next level　往下一階段移動
- **move up** to a management position　晉升至管理階層
- **move up** our appointment　我們的約會提前
- **move up**　往前移動

Are you ready to **move up** to the next level?
你準備好到下一個階段了嗎？

You can **move up** to a management position if you work hard.
如果你努力工作，就能晉升到管理階層。

Can we **move up** the appointment to this Tuesday?
能把我們的約會提前到禮拜二嗎？

Could you **move up** a little, please?
可否請你往前動一下呢？

●自我檢測！　動動腦，看圖連連看，找出適合的搭配用法！

• • move the TV

• • move around the sun

[Answers]	move around the sun	move the TV
	繞著太陽移動	移動電視

★ 請先閱讀以下中文句子後，填入 move 來完成英文句子。

01. 你何時搬到一山的？

When did you _____ _____ Ilsan?

02. 能把我們的約會提前嗎？

Can we _____ _____ _____ _____?

03. 你能幫我搬桌子嗎？

Could you help me _____ _____ _____?

04. 我被他的演講深深感動。

I was _____ _____ by his speech.

05. 請借過一下。

_____ out of the way, please.

06. 我們何時要搬到新辦公室呢？

When will we _____ _____ the new office?

07. 你結束這個階段後，就可到下一個階段。

You can _____ _____ _____ _____ _____ _____ after finishing this level.

08. 你想把它搬到哪裡？

Where do you want to _____ _____?

09. 他把手推車移到另一個地方。

He is _____ _____ _____ to the other area.

10. 請把你的手肘離開桌子。

_____ _____ _____ off the table.

[Answers]
1. move to 2. move up our appointment 3. move the desk 4. deeply moved
5. Move 6. move to 7. move up to the next level 8. move it 9. moving a cart
10. Move your elbows

Unit 27

hit

拍、打

hit - hit - hit

hit 有「拍、打」的基本意思，不管是打人、打中
棒球或颱風等自然災害，都可使用 hit，如我們所
說的「打」、「猛擊」都可用 hit 來表示。

01

hit 拍、打

打人或釘釘子的行為可用「拍」、「打」，颱風或地震的「猛烈打擊」也可使用 hit，hit 後若加上拍打的道具時，可使用 with。

核心表現

- · hit me
  打我
- · hit the nail with a hammer
  用鐵鎚釘釘子
- · hit a homer (home run)
  全壘打

- · hit him with a fist
  用拳頭打他
- · hit a double (triple)
  二壘安打（三壘安打）
- · hit the city
  重創城市

核心例句

Why did you **hit him**? 你為何打他？
A powerful typhoon **hit the city**. 強烈颱風重創城市。

02

hit + 名詞 拍～、打、衝撞

大砲或飛彈射擊目標的動作可用 hit 來表示「加以攻擊」，或是車子互相撞擊時的「衝撞」之意。

核心表現

- · hit a sore spot
  拍打痠痛點
- · hit the car in front
  衝撞前車
- · hit the ground
  衝撞地面

- · hit the target
  打中目標、加以攻擊
- · be hit by a truck
  被卡車撞
- · hit bottom
  跌入谷底

核心例句

The missile **hit the target** precisely.
飛彈精確地擊中目標。

The airplane broke up when it **hit the ground**.
飛機衝撞地面後，支離破碎。

hit hit 的其他相關片語

以下是與 hit 相關的其他用法。

 核心表現

· hit the nail on the head
　打中要害

· hit the road
　出發、逃亡

· hit the jackpot
　發大財

· hit it off
　相處融洽

· hit the sack
　睡覺

· hit the books
　認真讀書

· hit the roof (ceiling)
　暴跳如雷

· hit a new high (low)
　最高紀錄（最低記錄）

· hit on me
　調戲、誘惑

· hit below the belt
　在腰帶以下打擊、不正當的行動

 核心例句

He **hit the ceiling** at the news.
他聽到新聞後暴跳如雷。

Sales have **hit a new high**.
銷售金額創新高。

If you don't **hit the books**, you'll fail.
如果你不認真讀書，你會不及格。

We **hit it off**.
我們相處融洽。

He tried to **hit on me**.
他想誘惑我。

★ 請先閱讀以下中文句子後，填入 hit 來完成英文句子。

01. 他闖紅燈後撞到前面的車子。

He ran a red light and _____ _____ _____ in front of him.

02. 我爸爸如果看到的話，一定會氣得火冒三丈。

My father will _____ _____ _____ after seeing this.

03. 他做到了！打出全壘打！

He made it! He _____ _____ _____ _____!

04. 他開了一間餐廳，賺了大錢。

He opened a restaurant and _____ _____ _____.

05. 颱風強烈侵襲那國家，造成數千人受傷。

The typhoon _____ _____ _____ and thousands of people are injured.

06. 我們初次見面就相處得很融洽。

We _____ _____ _____ the first time we met.

07. 你精確的找出了問題的重點！

You _____ _____ _____ right on the head!

08. 我想最近的股市跌到了谷底。

I think the stock market has _____ _____ lately.

09. 出發吧。

Let's _____ _____ _____.

10. 你在引誘我嗎？

Are you _____ _____ me?

[Answers]
1. hit the car   2. hit the roof   3. hit a home run   4. hit the jackpot   5. hit the nation
6. hit it off   7. hit the nail   8. hit bottom   9. hit the road   10. hitting on

Unit 28

catch

抓

catch - caught - caught

catch 有將移動對象「抓住」的意思，如接住飛
過來的球、動物或攔車，都可用 catch 來表示。
catch 也可用在人或身體等表現上，如瞭解對方話
中的意思或生病等。

01

catch + 名詞 抓住～、乘坐

指「抓住～、接住～」，像活動的物品、人或動物，騎乘物或犯人等，也可用 catch 來表示。

- · catch the ball
  接住球
- · catch fish
  抓魚
- · catch the train
  搭火車

- · catch you later
  等等再跟你聯絡
- · catch my leg
  抓住我的腿
- · catch the criminal
  抓犯人

I was in a hurry to **catch the train**.
我急忙的搭乘火車。

She **caught my leg** and didn't let me go.
她抓住我的腿，不讓我走。

02

catch + 疾病等 生病、著火

catch 後加上疾病時，有「生病」之意，也可用來表達著火的意思。

- · catch a cold
  感冒
- · catch fire
  著火

- · catch the disease from him
  被他感染疾病

Be careful not to **catch a cold**.
小心不要感冒。

This product can **catch fire** easily.
這產品很容易起火。

catch + 名詞　抓住視線、機會等

catch 後加上場面、電影、視線等，有「看」之意；也被使用為「瞭解」別人說話的意思。

核心表現

- **catch sight of it**
  目擊該景象
- **catch her eye**
  吸引她的視線
- **catch a mistake**
  找出錯誤

- **catch a movie**
  看電影
- **catch what you said**
  瞭解你所說的
- **catch a chance**
  抓住機會

核心例句

Are you free to **catch a movie**?
你有時間看電影嗎？

The dress in the window **caught my eye**.
櫥窗裡的洋裝，吸引了我的視線。

It's hard to **catch** such **a chance**.
很難抓住那樣的機會。

be caught　被掛住、被抓

有「掛」之意的 catch 當被動型 be caught 時，有「被掛於～」的意思。如交通阻塞或遇上陣雨時都可使用。

核心表現

- **be caught** on a nail
  被掛在釘子上、被釘子勾到
- **be caught** in a traffic jam
  被困在交通壅塞

- **get caught** cheating
  被抓到作弊行為
- **be caught** in a shower
  遇上陣雨

核心例句

My shirt **was caught** on a nail.
我的襯衫掛在釘子上。

On my way home, I **was caught** in a shower.
回家的路上，我遇到陣雨。

catch up 追上

有「抓」之意的 catch，和表「完全地」的 up 共用時，有「到盡頭、完全抓到」，也就是「追上」的意思。

核心表現

· **catch up** with you
　跟上你

· **catch up** with the class
　追上課業

· **catch up** on my sleep
　補眠

核心例句

I'll **catch up** with you later.
等等見。

I need to **catch up** on my sleep on Sunday.
禮拜天我必須補眠。

● 自我檢測！ 動動腦，看圖連連看，找出適合的搭配用法！

 •

• be caught on a nail

 •

• catch her eye

 •

• catch fish

[Answers]	catch fish	be caught on a nail	catch her eye
	抓魚	被釘子勾到	吸引她的視線

251

★ 請先閱讀以下中文句子後，填入 catch 來完成英文句子。

01. 爸爸昨天抓到了一隻大魚。

My father _____ _____ _____ _____ yesterday.

02. 這物品很容易著火。

This stuff _____ _____ easily.

03. 警察差一點就可以抓到犯人，但卻讓他逃走了。

The police nearly _____ _____ _____ but they lost him.

04. 護士被病人的病傳染。

The nurse _____ _____ _____ from a patient.

05. 現在不出發的話，我們會被困在車陣中。

If we don't leave now, we'll _____ _____ _____ _____ _____ _____.

06. 我現在有點忙，之後再聯絡你。

I am busy now. I'll _____ _____ later.

07. 外面非常冷，你有可能會感冒。

It's pretty cold outside. You can _____ _____ _____.

08. 他在考試時被抓到作弊。

He _____ _____ _____ on the test.

09. 對不起，我沒有聽到你的名字。

I am sorry but I didn't _____ _____ _____.

10. 慢慢走，我等等就會跟上你。

Walk slowly, and I'll _____ _____ _____ _____.

[Answers]
1. caught a big fish 2. catches fire 3. caught the criminal 4. caught the disease
5. be caught in a traffic jam 6. catch you 7. catch a cold 8. got caught cheating
9. catch your name 10. catch up with you

Unit 29

change

改變、被改變
change - changed - changed

change 後的受詞用工作或變更密碼等時，被當成
有「使～變化、改變」之意的及物動詞使用；也會
用不及物動詞的形式表示「被改變、變化」。及物
動詞的 change 可用 be changed 來變為有「被改
變、變化」之意的被動型態。

change + 受詞　改變、變更

change 後加受詞，為及物動詞型態時，有「改變事物或人的個性、人生等」、「使～改變」的意思。

核心
表現

· **change my mind**
改變我的主意（想法）

· **change the subject**
改變主題

· **change the job**
改變工作

· **change my personality**
改變我的個性

· **change my hair style**
改變我的髮型

· **change her life**
改變她的人生

· **change the password**
變更密碼

· **change your habit**
改變你的習慣

· **change the phone** to vibration mode
把電話轉成震動模式

核心
例句

I will quit smoking and I will **change my bad habit**.
我會戒菸，並改掉我的壞習慣。

Don't **change the subject**!
不要改變話題！

Why do you want to **change your job**?
你為何想換工作？

You have to **change your password**.
你必須要變更你的密碼。

You need to **change your cell phone** to vibration mode.
你必須把手機調成震動模式。

change + 受詞 　調換、更換

change 有交換對象的「調換」、「更換」之意，如換位子或火車轉乘等意思。

核心
表現

- **change seats** with each other
  互相換位子

- **change air**
  轉換空氣

- **change money**
  換錢

- **change trains**
  火車轉乘

- **change the oil**
  換機油

- **change the light bulb**
  換燈泡

- **change clothes**
  換衣服

- **change a tire**
  換輪胎

核心
例句

Where should I **change trains**?
我該到哪裡換火車呢？

I opened the window to **change air**.
我開窗讓空氣流通。

change 　被改變、使～變化

當 change 為自己「被改變」之意的不及物動詞形態使用時，後面通常沒有受詞，而是加副詞或〔介系詞 + 名詞〕來使用。

核心
表現

- **change a lot**
  變很多

- **change into snow**
  變成雪

- **Times change.**
  時代變遷。

- **change from green to red**
  從綠變紅

- **The seasons change.**
  季節變換。

核心
例句

You **changed** a lot!
你變好多！

The rain **changed** into snow because of the cold weather.
因為寒冷的天氣，雨變成了雪。

★ 請先閱讀以下中文句子後，填入 change 來完成英文句子。

01. 我想改變我的髮型。

I wanted to _____ _____ _____ _____.

02. 你最好把濕衣服換成乾衣服。

You had better _____ _____ _____ for dry ones.

03. 他太過內向，所以他決定要改變個性。

He is too introverted, so he decided to _____ _____ _____.

04. 他們互相對換位子。

They _____ _____ with each other.

05. 你能幫我把一萬韓元換成美金嗎？

Can you _____ _____ _____ _____ to the U.S. dollar, please?

06. 號誌燈從綠色變成紅色。

The traffic light _____ _____ _____ _____ _____.

07. 我在換季時很常咳嗽。

I cough a lot when the _____ _____.

08. 開個窗戶，讓空氣流通吧。

Let's open the window and _____ _____.

09. 我想請你更換走廊上的燈泡。

I'd like you to _____ _____ _____ _____ in the hallway.

10. 我盡量一年換一次機油。

I try to _____ _____ _____ at least once a year.

[Answers]
1. change my hair style   2. change wet clothes   3. change his character
4. changed seats   5. change this ten thousand won   6. changed from green to red
7. seasons change   8. change air   9. change the light bulb   10. change the oil

Unit 30

check

確認、調查
check - checked - checked

check 常用來當作「檢查」、「確認」、「查看」
之意，如「確認電子信箱（check the email）」、
「確認攜帶物品（check the belongings）」，check
out 為 check 的強調型態，也是會話中常用的表達
方式。

check 確認、查看、調查

01

check 有「確認」之意，也常有「瞭解」、「查看」等意思。

核心
表現

· **check twice**
再次確認

· **check the contract**
確認合約

· **check the price**
確認價格

· **check the engine**
檢查引擎

· **check the schedule**
查行事曆

· **check the mail**
收信

· **check her temperature**
量她的體溫

· **check the bag**
檢查包包

核心
例句

Did you **check the mail** today?
你今天收信了嗎？

You must **check the contract** carefully before signing it.
簽合約之前必須要小心仔細地看過。

check + if 子句　確認是否～、查看

02

check 後的子句若為〔主詞 + 動詞〕形式，則有「確認～」之意，常使用〔check + if（whether）+ 主詞 + 動詞〕或〔check + that + 主詞 + 動詞〕的形式。

核心
表現

· **check if** he is in now
確認他現在是否在裡面

· **check whether** he is doing well
確認他是否做得好

· **check** and see **if** it's in stock
確認是否有庫存

· **check that** the door is locked
確認門是否已鎖上

核心
例句

Let me **check if** he is in now.
我來看看他現在是否在裡面。

Did you **check that** the door is locked?
你確認門鎖了嗎？

03

check out 仔細確認、調查、借出

check 和 out（完全、往外）一起使用時，有「仔細確認」或「借出」之意，在飯店內也可作為「退房」來使用。

核心表現

· **check** it **out**
仔細檢查

· **check out** of the hotel
從飯店退房

· **check out** his alibi
調查他的不在場證明

· **check out** a book
借書

核心例句

Let me **check** it **out**.
讓我來確認一下。

The police **checked out** the suspect's alibi.
警察調查嫌疑犯的不在場證明。

I want to **check out** this book.
我想借這本書。

He **checked out** of the hotel at 10.
他十點時從飯店退房。

●自我檢測！ 動動腦，看圖連連看，找出適合的搭配用法！

·

· check if it's in stock

·

· check the contract

[Answers]　　check the contract　　check if it's in stock
　　　　　　　確認合約　　　　　　確認是否有庫存

★ 請先閱讀以下中文句子後，填入 check 來完成英文句子。

01. 你為何不看一下價格？
Why don't you _____ _____ _____?

02. 醫生先量她的體溫。
The doctor _____ _____ _____ first.

03. 我要確認一下這個商品是否還有庫存。
Let me _____ _____ we have this item in stock.

04. 我想借這兩本書。
I would like to _____ _____ these two books.

05. 警察持續調查他的不在場證明。
The police are still _____ _____ _____ _____.

06. 你收信了嗎？
Did you _____ _____ _____?

07. 我應該要先確認電池才對。
I should have _____ _____ _____ in advance.

08. 我去看他在不在裡面。
Let me _____ _____ he is in now.

09. 他何時從這飯店退房的？
What time did he _____ _____ this hotel?

10. 每個地方我都檢查過了。
I've _____ _____.

[Answers]
1. check the price **2.** checked her temperature **3.** check if **4.** check out
5. checking out his alibi **6.** check your email **7.** checked the battery **8.** check if
9. check out **10.** checked everywhere

Unit **31**

blow

吹、飛走
blow - blew - blown

有「風吹」之意的 blow，可用在「吹氣、吐煙、
吐出」的意思上；也有錯失機會、考試考砸等「失
敗」的意思。

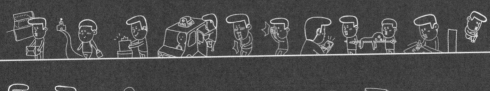

blow 風吹

01

blow 後面無受詞，當不及物動詞使用時有「風吹」之意，無法敘述從哪裡或怎麼吹。

核心
表現

· **blow from the north**
從北邊吹來

· **blow hard**
用力吹

核心
例句

Wind is **blowing** from the east.
風從東邊吹來。

Wind is **blowing** hard.
風勢很強勁。

blow + 受詞 吹～、擤～

02

blow 做及物動詞使用時，有「吹某物」、「飛起」之意，可用在向某對象吹風或吹氣。

核心
表現

· **blow bubbles**
吹泡泡

· **blow on the food**
對著食物吹氣

· **blow your breath**
吹氣

· **blow my nose**
擤鼻子

核心
例句

Don't **blow your breath** on my face.
不要向我的臉吹氣。

He **blew on the food** to make it cool.
他吹食物讓它變涼。

blow + 樂器等　吹樂器等

快速吹空氣而產生聲音時，可使用 blow，因此「吹管樂器或哨子等」，可用 blow 來表示。

核心
表現

· **blow a trumpet**
  吹小號（喇叭）

· **blow the horn**
  吹號角

· **blow the whistle**
  吹哨子、打小報告

核心
例句

When you are in danger, **blow the whistle**.
如果你陷入危險，可以吹哨子。

Don't **blow the horn**. It's too loud.
不要吹號角，它太大聲了。

blow + 機會等　喪失機會等

blow 後加「機會」等單字使用時，有「搞砸機會、金錢、考試等」意思。

核心
表現

· **blow it**
  搞砸了

· **blow a chance**
  錯過機會

· **blow money**
  亂花錢

· **blow the test**
  考試考壞了

核心
例句

He invested the money in the stock market and **blew it** all.
他把錢投資在股票上，結果全沒了。

You **blew the chance** to get promoted.
你錯過能升遷的機會。

05

blow up 誇張、爆破

到頂的（up）和吹（blow）合在一起有「誇張」、「放大」之意，或者有達到爆炸程度的「爆破」之意。

· **blow** the fire **up**
吹風使火變大

· **blow up** the picture
放大照片

· **blow up** the balloon
吹氣球

· **blow up** the bridge
炸橋

Can you **blow up** this balloon?
你可以吹這個氣球嗎？

The terrorists **blew up** the bridge.
恐怖份子把橋炸了。

06

blow out 吹～、爆裂

有完全、往外之意的（out）和吹（blow）一同使用時，有「吹滅」的意思，也能用來表示爆炸。

· **blow out** the candle
把蠟燭吹熄

· be **blown out**
被熄滅（火被風等用熄）

· The tire **blows out**.
輪胎爆胎了。

Before you **blow out** the candles, you need to make a wish.
在你吹蠟燭之前，先許願。

What makes a tire **blow out**?
是什麼使輪胎爆胎的呢？

07

bolw off 吹飛

吹（blow）到讓它（off）分離，而有「吹掉」也就是「吹飛」的意思，也可用在「消除壓力」、「無視」的意思。

核心
表現

- **blow** my hat **off**
  把我的帽子吹走
- **blow** your head **off**
  把你的頭炸掉
- **blow** me **off**
  無視我的存在

- **blow** the dust **off**
  把灰塵吹掉
- **blow off** steam
  消除壓力
- **blow off** his comment
  無視他的意見

核心
例句

Shut up, or I am going to **blow** your head **off**.
閉嘴，要不然我就把你的頭轟掉。

He **blew** the dust **off** the book.
他把桌上的灰塵吹掉。

Don't **blow** me **off**!
別無視我！

● 自我檢測！ 　動動腦，看圖連連看，找出適合的搭配用法！

• blow the whistle

• blow your breath

[Answers]　　blow your breath　　　blow the whistle
　　　　　　　吹氣　　　　　　　　吹哨子

★ 請先閱讀以下中文句子後，填入 blow 來完成英文句子。

01. 強風把我的帽子吹掉。

A strong wind _____ _____ _____ off.

02. 我用酒來消除壓力。

I _____ _____ _____ by drinking.

03. 恐怖分子威脅要把大廈炸掉。

Terrorists threatened to _____ _____ the building.

04. 他吹哨後，比賽開始。

He _____ _____ _____, and the game started.

05. 我不想要讓這個機會跑走。

I don't want to _____ _____ _____.

06. 用這工具來放大照片。

Use the tool to _____ _____ the picture.

07. 我的期末考完全毀了。

I _____ _____ _____ _____ completely.

08. 他按喇叭來提醒其他駕駛注意。

He _____ _____ _____ to warn other drivers.

09. 他大聲地擤鼻涕。

He _____ _____ _____ loudly.

10. 他的錢全沒了。

He _____ _____ _____ _____.

[Answers]
1. blew my hat **2.** blow off steam **3.** blow up **4.** blew the whistle
5. blow this chance **6.** blow up **7.** blew the final exam **8.** blew the horn
9. blew his nose **10.** blew all his money

Unit 32

fall

掉落
fall - fell - fallen

fall 有蘋果掉落、落葉這種「物體往下掉落」的意
思。「掉落」之意的 fall 和 drop 意思雖相近，但
drop 為較快速的掉落，和 fall 有些許不同。

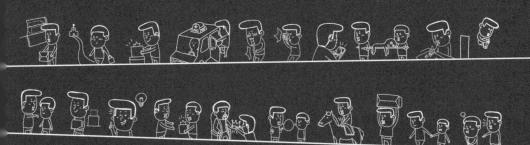

01

fall 掉落

fall 有「掉落」之意，如花、樹葉、雨、雪等，可表示從上往下掉落的物品。

核心
表現

· The leaves **fall**.
　樹葉掉落。

· **Rain falls**.
　下雨。

· Cherry blossoms **fall**.
　櫻花枯萎。

· The cup **falls**.
　杯子掉落。

核心
例句

All the cherry blossoms have already **fallen**.
所有的櫻花都已經枯萎了。

The cup **fell** to the floor and it broke into pieces.
杯子掉地上後碎成碎片。

02

fall 摔倒、死

fall 可描述「摔倒、往下」之意，也可用來表示「死亡」的意思。

核心
表現

· **fall** on my bed
　從我床上掉下來

· **fall** on the ground
　掉到地上

· **fall** on the battlefield
　死在戰場上

· **fall** on his back
　他往後跌倒

· **fall** to my knees
　跪下

核心
例句

He **fell** on his back in the middle of the street.
他在路中間時向後摔倒。

Many soldiers **fell** on the battlefield.
許多軍人們死在戰場上。

fall 降低、下跌

掉落另外也有「降低」的意思，可指價格、物價下跌或價值、溫度等降低。

核心表現

· The price **falls**.
價格下跌。

· The value **falls**.
價值減少。

· Stock prices **fall**.
股市下跌。

· The temperature **falls**.
溫度降低。

核心例句

Stock prices **fell** more than 4% on Thursday.
禮拜四時股票下跌超過百分之四。

The temperature **fell** sharply this morning.
今天早上溫度急速下降。

fall + 形容詞 以～狀態掉落、成為～狀態

如我們所說的「倒頭大睡」，在英文中「進入某種狀態」、「陷入」時，可用 fall 來表示。

核心表現

· **fall asleep**
睡著

· **fall silent**
陷入沉默

· **fall in love**
陷入愛情

· **fall unconscious**
陷入昏迷

· **fall behind**
落後

核心例句

I **fell asleep** while I was reading.
我在讀書時睡著了。

He **fell behind** in rent after being laid off from his job.
他被解雇後，拖欠房租。

269

05

fall off 從（分開後）～掉落

有分離之意的（off）和掉落（fall）共同使用時，有「從～掉落」的意思。

核心
表現

· **fall off** the ladder
從梯子上掉下來

· **fall off** the cliff
從懸崖上掉下來

· **fall off** the horse
從馬上摔下來

· The button **falls off**.
扣子掉了。

核心
例句

He **fell off** the ladder and hurt his back.
他從梯子上掉下來，傷了他的背。

She **fell off** the cliff but she miraculously survived.
她從懸崖上掉下來，但卻奇蹟似地生還。

06

fall down 往下掉落

有「掉落」意思的 fall 和「往下」之意的 down 一起使用時，有強調掉落的意思。

核心
表現

· The snow **falls down**.
下雪了。

· **fall down** (from) the stairs
從樓梯上滾下來

· Tears **fall down**.
流眼淚。

核心
例句

Tears **fell down** from her eyes.
眼淚從她眼睛裡流了出來。

He **fell down** from the stairs and hurt his leg.
他從樓梯上滾下來，傷了他的腿。

★ 請先閱讀以下中文句子後，填入 fall 來完成英文句子。

01. 他累到在書桌前睡著。

He was so tired that he _____ _____ at his desk.

02. 由於洋蔥生產過量，價格快速下跌。

The price of onions _____ _____ because of overproduction.

03. 她發生事故後，陷入昏迷。

She _____ _____ after the accident.

04. 必須跟上新趨勢，要不然你會落後。

Keep up with new trend, or you'll _____ _____ the times.

05. 樹葉從樹上掉到地上。

The leaves _____ _____ _____ to the ground.

06. 今天早上的溫度降到零下。

The temperature _____ _____ zero this morning.

07. 鈕扣掉了，她重新把它縫上。

The button _____ _____ and she sewed it again.

08. 雨從天空降下。

Rain _____ _____ the sky.

09. 由於打擊太大，Susan 因此生病。

The shock was so strong, Susan _____ _____.

10. 當我第一次看到 Jennifer 時，立刻陷入情網。

I _____ _____ _____ _____ Jennifer the first time I saw her.

[Answers]
1. fell asleep **2.** fell sharply **3.** fell unconscious **4.** fall behind **5.** fell from trees
6. fell below **7.** fell off **8.** fell from **9.** fell ill **10.** fell in love with

Unit 33

drop

掉落、使～掉落
drop - dropped - dropped

drop 的意思和 fall 相近，但比 fall 更有速度感，有
物品「突然掉落」的感覺，例如「將物品摔在地
上」或「放棄」之意，這解釋就和 fall 有所差異。

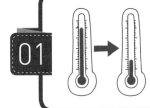

drop 掉落、倒下

01

drop 有「掉落」之意，當不及物動詞使用時，表示出急速下降的感覺。

核心表現

- temperature **drop**
  溫度下降
- birthrate **drop**
  出生率下降
- sales **drop**
  銷售量下滑

- blood pressure **drop**
  血壓下降
- prices **drop**
  物價下跌
- **drop** with fatigue
  因勞累倒下

核心例句

His blood pressure **dropped** to normal after the surgery.
在手術後他的血壓下降，恢復正常。

The real estate sales **dropped** sharply in 2012.
二〇一二年度的房地產銷售量急速下滑。

drop + 受詞 使～掉落

02

drop 當及物動詞時有「掉落」、「放開」的意思，因此電影中很常出現「把手槍放下」（put down）的台詞，而 drop 也很常被使用。

核心表現

- **drop the cell phone**
  手機掉了
- **drop a bomb**
  投炸彈、炸彈宣言
- **drop the speed**
  放慢速度

- **drop the gun**
  放下手槍
- **drop me**
  放開我

核心例句

I **dropped my cell phone** but it was okay.
我摔了手機，但它沒有任何問題。

Drop the gun or I'll shoot you.
把手槍放下，要不然我會開槍。

drop +受詞　放棄～、辭職

03

drop 不僅有單純的「掉落」之意，還有撇下事情、學業等的「放棄」之意。

核心
表現

· **drop it**
　把它丟掉

· **drop the subject**
　停止話題

· **drop out of school**
　退學

· **drop everything**
　放棄任何東西

· **drop a course**
　取消課程

· **drop out of the race**
　比賽中淘汰

核心
例句

Just **drop everything** and come here at once.
先放下所有東西，然後馬上過來這裡。

He had to **drop out of school** after the incident.
經過那次事件後，他必須退學。

drop off　讓～下車、存放、返還

04

drop off 為分開後掉落之意，有「讓某人下來、讓某人下車」，若加上場所則有「寄放」的意思。

核心
表現

· **drop** me **off**
　讓我下車

· **drop off** some laundry
　存放些清洗衣物

· **drop** it **off**
　存放它、返還

· **drop off** the car
　（租用）還車

核心
例句

Could you **drop** me **off** in front of the station?
你能讓我在車站前面下車嗎？

Where can I **drop off** the car?
我該到哪裡還車呢？

drop by 順道拜訪

有「旁邊」之意的 by 和 drop 一起使用時，有經過附近「順道拜訪」、「暫時造訪」的意思。

05

核心
表現

· **drop by** the office
暫時經過辦公室

· **drop by** the shop
拜訪商店

· **drop by** my house
暫時經過我家

· **drop by** anytime
何時都可順道拜訪

核心
例句

Why don't you **drop by** the office later?
你為何不等等順道來辦公室一趟？

You can **drop by** any time you want.
只要你想來，任何時候都可以來。

●自我檢測！　動動腦，看圖連連看，找出適合的搭配用法！

· · drop it

· · temperature drop

· · drop me off

[Answers]	temperature drop	drop it	drop me off
	溫度下降	把它丟掉	讓我下車

★ 請先閱讀以下中文句子後，填入 drop 來完成英文句子。

01. 一個禮拜內我能取消課程嗎？

Can I _____ _____ _____ within a week?

02. 不好意思，你的皮夾掉了。

Excuse me, you _____ _____ _____.

03. 美國向日本投了原子彈。

America _____ _____ _____ _____ on Japan.

04. 你能讓我在飯店前面下車嗎？

Could you _____ _____ in front of the hotel?

05. 他一整個禮拜都加班工作，最後他累倒了。

He work late all the week and he finally _____ _____
_____.

06. 天氣預報說氣溫會急速下降。

The weather forecast says the _____ _____ _____.

07. 從那新聞之後，牛肉的銷售量減少了百分之二十以上。

After the news, beef sales _____ _____ _____
_____ _____.

08. 你必須減速！開太快了！

You have to _____ _____ _____! It's too fast!

09. 無論何時都可以順道來我們家。

Please feel free to _____ _____ my house.

10. 我能在首爾辦公室還車嗎？

Can I _____ _____ _____ _____ at the Seoul
office?

[Answers]
1. drop a course   **2.** dropped your wallet   **3.** dropped the atomic bomb   **4.** drop me
5. dropped with fatigue   **6.** temperature will drop   **7.** dropped more than 20 percent
8. drop the speed   **9.** drop by   **10.** drop this car off

Unit **34**

cover

覆蓋、包覆
cover - covered - covered

cover 有保護某物，將它覆蓋的意思，除了「覆蓋包覆」外還有「保護」、「包含」的意思。因此在戰爭中常出現「Cover me!（掩護我！）」的台詞。

01

cover + 名詞 （覆）蓋、遮蔽

cover 有「蓋」、「遮蔽」、「覆蓋」之意，此時的 cover 作及物動詞使用時，會以〔cover + 受詞〕的形式出現。

核心表現

· **cover the mountain**
　遮住山

· **cover him** with the blanket
　幫他蓋毯子

· **cover the food** with aluminum foil
　用鋁箔紙包覆食物

· **cover the floor**
　遮住地板

核心例句

Why don't you **cover the food** with aluminum foil?
你為何不用鋁箔紙包食物呢？

Cover your mouth when you cough or yawn.
當你咳嗽或打哈欠時，遮住嘴巴。

02

cover (up) 藏、隱蔽

覆蓋對象的 cover 有「藏匿～」、「隱蔽」之意，尤其使用 up「完全地」時，更強調覆蓋的意思。

核心表現

· **cover her feelings**
　隱藏她的感情

· **cover up the whole thing**
　遮蔽全部

· **cover your mistake**
　隱藏你的錯誤

· **cover up the truth**
　隱蔽事實

核心例句

She **covered** her feelings.
她隱藏自己的感情。

A lie cannot **cover up** the truth.
謊話無法遮蔽事實。

03

cover 給予保護、給予賠償、代替做事

有「包覆」之意的 cover，在面對危險時，有「給予保護」或「給予賠償」的意思。

 核心表現

· **cover me**
掩護我

· **cover the damage**
補償所有損害

· **cover(s) all types of cancer**
對所有種類的癌症給予賠償

· **cover for him**
代替他做事

 核心例句

This life insurance policy **covers** all types of cancer.
這壽險可對所有種類的癌症給予賠償。

John will take a day off tomorrow. Can you **cover** for him?
John 明天放假，你能代理他的工作嗎？

04

cover 承擔、處理、包含

cover 的意義相當廣泛，另有「承擔」、「包含」等意思。

 核心表現

· **cover the cost**
承擔費用

· **cover lesson 3**
包含第三課

· **cover it** next time
下次再處理

 核心例句

I'll **cover** the cost.
費用由我來出。

Our midterm will **cover** lesson 3.
我們的期中考，包含第三課。

05

cover 報導、採訪

cover 有「報導」、「採訪」之意。

· **cover the accident**
採訪事故

· **cover the murder case**
採訪謀殺案

She **covered** the accident in detail.
她很仔細的採訪事故。

He wanted to **cover** the murder case.
他想採訪謀殺案件。

06

be covered 被覆蓋、被掩蓋

cover 使用被動型態 be covered 時，有「被覆蓋」的意思。

· **be covered** in (with) mud
被泥巴蓋住

· **be covered** with bamboo
被竹子遮蓋

His shoes **were covered** in mud.
他的鞋子都是泥巴。

The hill **was covered** with bushes.
小山坡被灌木叢遮蓋。

★ 請先閱讀以下中文句子後，填入 cover 來完成英文句子。

01. 山被雪覆蓋。

The mountain _____ _____ _____ snow.

02. 她用手遮住臉。

She _____ _____ _____ with her hands.

03. 我們會承擔運送費用。

We will _____ shipping expenses.

04. 我能幫你做事！

I can _____ _____ you!

05. 你沒辦法藏匿所有事情。

You can't _____ _____ the whole thing.

06. 你可用保險來負擔所有損害。

You can _____ _____ _____ with the insurance.

07. 我放假時，你能代理我的工作嗎？

Can you _____ _____ when I go on vacation?

08. 你不需要隱藏你的錯誤。

You don't have to _____ _____ _____.

09. 他的收入勉強能負擔生活支出。

His income can just barely _____ _____ _____.

10. 記者們為了報導奧林匹克而去了倫敦。

Reporters went to London to _____ _____ _____.

[Answers]
1. is covered with **2.** covered her face **3.** cover **4.** cover for **5.** cover up
6. cover the damage **7.** cover me **8.** cover your mistake **9.** cover their expenses
10. cover the Olympics

Unit **35**

look

看

look - looked - looked

look 有「看」、「使～看見」的意思，當不及物動
詞使用，指刻意要看某物或積極觀看時，會依照後
面所接的介系詞不同，如 look for、look out、look
after 而有不同的意義。

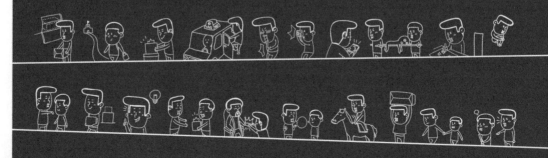

look 看

01

不及物動詞的 look 後面加名詞時，使用的形式為〔look +
介系詞 + 名詞〕或〔look + 副詞〕。

核心
表現

· **look there**
看那裡

· **look at her**
看著她

· **look on the bright side of things**
樂觀的看待（事物）

· **look inside**
看裡面

· **look in the mirror**
看鏡子

· **look forward to meeting you**
期待見到你

核心
例句

He **looked** at her for a long time.
他看著她好長一段時間。

How often do you **look** in the mirror a day?
一天內你會看幾次鏡子？

look + 形容詞　看起來～

02

〔look + 形容詞〕有「看起來～」的意思。

核心
表現

· **look young**
看起來年輕

· **look kind and gentle**
看起來親切且有禮貌

· **look easy**
看起來簡單、看起來好欺負

· **look familiar**
看起來熟悉

· **look intelligent**
看起來很聰穎

· **look pale**
看起來蒼白

· **look good**
看起來很好

· **look delicious**
看起來美味

核心
例句

This style **looked good** on me.
這風格看起來很適合我。

He **looks intelligent**.
他看起來很聰明。

03

look like 看起來像～

〔look like + 名詞〕或〔look like + 主詞 + 動詞〕出現時，有「看起來像～」的意思。

核心
表現

- **look like** a movie star
  看起來像電影明星
- **look like** you need help
  看來你需要幫忙

- **look like** your mother
  看起來像你媽媽、長得像媽媽
- **look like** you lost something
  看來你掉了東西

核心
例句

You **look like** your mother.
你跟你媽媽長得很像。

You **look like** you lost something.
你看起來好像掉了東西。

04

look up 往上看、仔細查看、查詢

up 有「往上」及「完全結束」的意思，look up 則有「往上看」、「尊敬」或「仔細尋找」的意思。

核心
表現

- **look up** at the sky
  往上看天空
- **look** it **up**
  把它找出來

- **look up** to Lee Soon-shin
  尊敬李舜臣（朝鮮民族英雄）
- **look up** the word
  查詢單字

核心
例句

I **look up** to Lee Soon-shin.
我很尊敬李舜臣。

Why don't you **look up** the word in your dictionary?
你為何不從字典裡查詢生字呢？

05

look down 往下看、無視

look down 有「往下看」、「輕看」、「無視」的意思。

核心表現

· **look down** on (at) the city
往下看著城市

· **look down** on him
輕視他

核心例句

He **looked down** on the city from the mountain.
他從山上俯瞰城市。

People **looked down** on him because he was poor.
人們輕視他，因為他貧窮。

06

look out 向外看、注意

look out 有「往外看」、「注意」之意，若以〔look out for + 名詞〕出現時，則有「小心～、注意～」的意思。

核心表現

· **look out (of) the window**
從窗子看出去

· **look out for pickpockets**
小心扒手

核心例句

She **looked out** of the window and watched the beautiful sunset.
她從窗戶向外看美麗的夕陽。

You need to **look out** for pickpockets there.
在那裡你要小心小偷。

look around 環顧、參觀

看周圍（around）有指「環顧某場所或商品」等的意思。

核心
表現

· **look around** a little more
再多看一下

· **look around** more shops
多看些商店

· **look around** the city
參觀城市

· **look around** the room
觀看房間

核心
例句

I need to **look around** more shops.
我還需要再多看幾家商店。

I'll **look around** the town this afternoon.
我下午時會參觀城鎮。

look after 管理、照顧

如我們所說的「照顧某人」，look after 也有「照顧～」的意思。

核心
表現

· **look after my baby**
照顧我孩子

· **look after my parents**
照顧我父母親

· **look after my dog**
照顧我的狗

· **look after my bag**
顧我的包包

核心
例句

Can you **look after** my baby while I'm out?
當我出門時你能幫我照顧一下小孩嗎？

Would you mind **looking after** my bag for a moment?
你能幫我顧一下包包嗎？

09

look for 找～、求

以某目標為對象（for）來尋找時，有「找～」、「尋求」的意思。

核心
表現

· **look for** you
尋找你

· **look for** trouble
自找麻煩

· **look for** a part-time job
尋找兼職工作

· **look for** a bride
尋找新娘

· **look for** a job
找工作

· **look for** a book
找書

核心
例句

I've been **looking for** you. Where have you been?
我一直在找你，你跑到哪去了？

Don't **look for** trouble.
不要自找麻煩。

I'm **looking for** a part-time job as an English teacher.
我在找英文老師的兼職工作。

I'm **looking for** books about computers.
我在找關於電腦的書籍。

● 自我檢測！　　動動腦，看圖連連看，找出適合的搭配用法！

· look around

· look down

[Answers]　　look down　　look around
　　　　　　　輕視　　　　　環顧四周

★ 請先閱讀以下中文句子後，填入 look 來完成英文句子。

01. 我想找 IT 產業的工作。

I'm ＿＿＿＿＿ ＿＿＿＿＿ a job in the IT industry.

02. 你不在的時候我會幫你照顧你的狗。

I'll ＿＿＿＿＿ ＿＿＿＿＿ your dog while you are away.

03. 雨看來好像就快要停了。

It ＿＿＿＿＿ ＿＿＿＿＿ the rain will stop soon.

04. 我再多參觀一下就回去。

Let me ＿＿＿＿＿ ＿＿＿＿＿ and come back.

05. 她比實際年齡看起來還年輕。

She ＿＿＿＿＿ ＿＿＿＿＿ ＿＿＿＿＿ than her age.

06. 你不應該小看他們。

You should not ＿＿＿＿＿ ＿＿＿＿＿ ＿＿＿＿＿ them.

07. 他聽到尖叫聲，便從窗子向外看。

He heard screaming and ＿＿＿＿＿ ＿＿＿＿＿ of the window.

08. 我一直都很尊敬他。

I've always ＿＿＿＿＿ ＿＿＿＿＿ to him.

09. 你長得很像你媽媽。

You really ＿＿＿＿＿ ＿＿＿＿＿ your mother.

10. 妳的男朋友長怎樣？

What does your boyfriend ＿＿＿＿＿ ＿＿＿＿＿?

[Answers]

1. looking for　**2.** look after　**3.** looks like　**4.** look around　**5.** looks much younger
6. look down on　**7.** looked out　**8.** looked up　**9.** look like　**10.** look like

Unit **36**

watch

觀察、警戒
watch - watched - watched

和 look 相比，watch 有「看」之意且帶有「關心、
長時間觀察」之意。像是看電視（watch TV）集中
在電視畫面的樣子。

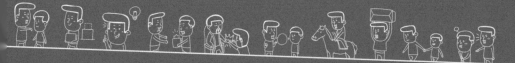

01

watch + 名詞　觀看～、監視

watch 有「觀看」之意，若為持續凝視則有「監視」的意思。

核心
表現

· **watch a movie**
看電影

· **watch me**
監視我

· **watch her leave**
看著她離開

· **be watched**
被監視

核心
例句

I usually spend the weekend **watching a movie**.
我通常會在周末時看電影。

They are **watching me** 24 hours a day.
他們二十四小時監視著我。

02

watch + 名詞　小心～、注意～

watch 有集中看著某物的意思，引伸出有「小心」某對象之意。

核心
表現

· **watch it**
小心

· **watch your step**
小心腳步

· **watch what you eat**
小心你所吃的

· **watch your mouth**
注意你所說的話

· **watch your back**
小心你背後

· **watch what you say**
小心你所說的

核心
例句

Watch your mouth!
注意你所說的話！

You need to **watch what you eat.**
你必須小心你所吃的。

Watch what you say.
說話要小心。

03

watch out for + 名詞
小心～、注意

以〔watch out for + 名詞〕型態使用時，有「小心～」或「注意」之意，若無名詞的 watch out，則有「小心」的意思。

核心
表現

· **watch out**
小心

· **watch out for cars**
小心車

· **watch out for pickpockets**
小心扒手

· **watch out for children**
注意小孩們

核心
例句

Watch out! You could've been hurt.
小心！你差點受傷。

Watch out for children running into the street.
注意跑到路上的小孩們。

04

watch + 受詞 + 動詞原型
正在看誰做～

watch 後加感官動詞的受詞，之後再加上動詞原型或 V-ing，動詞原型則為持續觀看的對象；V-ing 則有「看著活動進行」的意思。

核心
表現

· **watch my son eat a hamburger** 看著我的兒子吃漢堡
· **watch her play the piano** 看她彈鋼琴
· **watch him crossing the bridge** 看他正在過橋
· **watch her washing the dishes** 看她正在洗碗

核心
例句

I **watched my son eat** a hamburger at the store.
我在店裡看著兒子吃漢堡。

I **watched her washing** the dishes.
我看著她正在洗碗。

★ 請先閱讀以下中文句子後，填入 watch 來完成英文句子。

01. 他們正在監視我們。

They are _____ us.

02. 我有空時，通常都會看電影。

In my free time, I usually _____ _____ _____.

03. 小心那隻狗！

_____ _____ for the dog!

04. 如果你不注意的話，你會受傷。

If you don't _____ _____, you'll get hurt.

05. 小心腳步！（不要摔跤）

_____ _____ _____!

06. 我只是邊看邊學。

I just _____ and learned.

07. 穿越馬路時，要小心車子。

_____ _____ for cars, when you cross the street.

08. 我看她畫圖。

I _____ _____ draw a picture.

09. 吃完晚餐後，他坐在客廳裡看電視。

After dinner, he _____ _____ in the living room.

10. 昨天我看到他獨自一人走在公園裡。

I _____ _____ walking alone in the park yesterday.

[Answers]
1. watching **2.** watch a movie **3.** Watch out **4.** watch out **5.** Watch your step
6. watched **7.** Watch out **8.** watched her **9.** watched TV **10.** watched him

see

看

see - saw - seen

一般來說 see 所看的物品和自己的意志並無相關，
而是純粹看眼前的事物，除此之外，還可用在「與
人見面」、「看到原理」、「理解」之意。

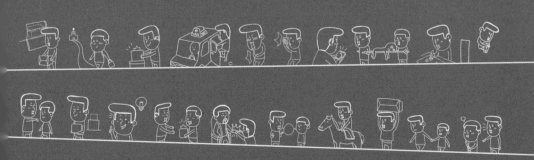

01

see + 事物　看到～

此為 see 最基本的意思，有「看到～事物」、「觀察」之意。

核心
表現

- **see something**
  看到某些東西
- **see the final match**
  看總決賽

- **see a movie**
  看電影
- **see Paris**
  觀察巴黎

核心
例句

I've never **seen such an interesting movie** before.
我從沒看過這麼有趣的電影。

I stayed up late to **see the final match**.
我為了看總決賽而熬夜。

02

see + 人　見～、接受診斷、交往

有「見某人」、「見面」的意思，此外 be seeing 的進行式則有「交往」的意思。

核心
表現

- **see you** in person
  親自見到你
- **see her true colors**
  看見她的真面目
- **be seeing her**
  和她交往

- **see you** tomorrow
  明天見
- **see a doctor**
  看醫生

核心
例句

I have a cold and I need to **see a doctor**.
我感冒，必須要去看醫生。

Are you still **seeing her**?
你還在跟她交往嗎？

03

see + 人　護送～、送行

see 有「持續看到某處」之意，有「護送、送行」的意思。

核心
表現

· **see you** to the station
送你到車站

· **see you** to the door
送你到門口

· **see her** home
護送她回家

· **see him** off at the airport
到機場幫他送行

核心
例句

I'll **see you** to the door.
我送你到門口。

She is going to **see him** off at the airport.
她到機場替他送行。

04

see　理解、知道

see 有「看」之意，和其他動詞 watch、look 不同，有 understand「瞭解」的意思。

核心
表現

· **see what you mean**
瞭解你的意思

· **see why she left him**
知道她離開他的理由

· **see what she wants**
知道她想要的

· **see your point**
瞭解你的重點

核心
例句

I **see** what you mean.
我瞭解你的意思。

He is really mean. I **see** why she left him.
他真的很吝嗇，我知道她為何會離開他了。

I **see** no point in your story.
我不知道你說的重點是什麼。

295

★ 請先閱讀以下中文句子後，填入 see 來完成英文句子。

01. 很高興能親自見到你。
It's good to _____ _____ _____ _____.

02. 你明天會和她見面嗎？
Are you going to _____ _____ tomorrow?

03. 我能瞭解為何他會喜歡她。
I can _____ _____ he likes her.

04. 你臉色蒼白，最好去看個醫生。
You look pale. You'd better _____ _____ _____.

05. 你將會看到他的真面目。
You'll begin to _____ _____ _____ _____.

06. 你跟 Jessica 還在交往嗎？
Are you still _____ Jessica?

07. 我送你到門口。
I'll _____ _____ to the door.

08. 我想到機場替你送行。
I'd like to _____ _____ _____ at the airport.

09. 從那晚之後，我就沒再見到她。
I _____ _____ _____ since that night.

10. 明天我能到你家拜訪你嗎？
May I come to _____ _____ tomorrow at your house?

[Answers]
1. see you in person **2.** see her **3.** see why **4.** see a doctor **5.** see his true colors
6. seeing **7.** see you **8.** see you off **9.** haven't seen her **10.** see you

Unit 38

call

叫、打電話
call - called - called

call 以〔call + 受詞〕出現時有「叫、打電話」之
意，be called 的被動型態則有「被叫」之意；以
〔call + 受詞 + 受詞〕出現時有，「叫～為～」的
意思。

call + 受詞　叫～、打電話

01

call 後面加受詞時，有「叫～」或「打電話」之意。

- **call this**
  叫這個
- **call a waiter**
  叫服務生
- **call a taxi**
  叫計程車
- **call her** at midnight
  半夜打電話給她

What do you **call this** in English?
這個英文怎麼說？

He got drunk and **called her** at midnight.
他喝醉了，並在半夜打電話給她。

call + 受詞 + 補語　叫～為～、稱

02

call 後出現〔受詞 + 受詞 + 補語〕時，有「叫～為～、稱為」的意思。

- **call it Doenjang**
  這叫做豆瓣醬
- **call the dog Merry**
  叫這隻狗 Merry
- **be called Uncle Tom**
  被叫做湯姆叔叔
- **call her Smiley**
  叫她 Smiley
- **call me a fool**
  叫我笨蛋

We **call it Doenjang**. It is very good for your health.
我們稱它為豆瓣醬，它對身體很好。

She always has a smile on her face. So we **call her Smiley**.
她臉上總是掛著微笑，所以我們叫她 Smiley。

call + 受詞　其他慣用片語

03

call somebody names 有「咒罵～」之意，咒罵時不會一次而是重覆好幾次，因此用複數型 names。若 name 使用單數如 She called my name.「她叫我的名字」，則有「叫名字」的意思。

核心表現

· **call it a day**
就這樣、下班

· **call him names**
咒罵他

· **call the roll**
點名

核心例句

It's almost 7 o'clock. Let's **call it a day**.
快七點了，我們今天就到這裡吧。

Don't **call him names**.
不要咒罵他。

call for　需要～、要求、請求

04

呼叫（call）來獲得某物（for）時，有「請求」、「需要～」的意思。

核心表現

· **call for** a doctor
叫醫生

· **call for** advice
請求指教

· **call for** investigation
要求調查

· **call for** help
呼救

· **call for** specific action
要求具體的對策

核心例句

Press this button when you **call for** help.
需要幫助時請按這個按鈕。

They **called for** further investigation about the accident.
他們對該事故要求進一步的調查。

05

call off 取消、收回

叫（call）某物從手上拿開（off），有「取消」、「作罷」的意思。

核心表現

· **call off** the performance
取消演出

· **call off** our engagement
取消我們的婚約

· **call off** the strike
取消罷工

· be **called off**
被終止、被取消

核心例句

The performance was **called off** because of the rain.
因為下雨而取消演出。

They **called off** their engagement all of a sudden.
他們突然取消婚約。

● **自我檢測！** 動動腦，看圖連連看，找出適合的搭配用法！

·

· call for help

·

· call the roll

·

· call a waiter

[Answers]	call a waiter	call the roll	call for help
	叫服務生	點名	呼救

300

★ 請先閱讀以下中文句子後，填入 call 來完成英文句子。

01. 他們突然取消會議。

They ＿＿＿＿＿＿ ＿＿＿＿＿＿ the meeting suddenly.

02. 如果還需要額外的資訊，隨時都可以打電話給我。

Feel free to ＿＿＿＿＿＿ ＿＿＿＿＿＿ if you need additional information.

03. 他工作結束後回家。

He ＿＿＿＿＿＿ ＿＿＿＿＿＿ ＿＿＿＿＿＿ ＿＿＿＿＿＿ and went home.

04. 她傷了她的腳，並努力呼救。

She hurt her leg and she tried to ＿＿＿＿＿＿ ＿＿＿＿＿＿ ＿＿＿＿＿＿.

05. 當他朋友咒罵他時，他相當生氣。

He got mad when his friend ＿＿＿＿＿＿ ＿＿＿＿＿＿ ＿＿＿＿＿＿.

06. 你能幫我叫計程車嗎？

Would you ＿＿＿＿＿＿ ＿＿＿＿＿＿ ＿＿＿＿＿＿ for me?

07. 如果需要任何東西，可以找服務生。

If you need anything, just ＿＿＿＿＿＿ ＿＿＿＿＿＿ ＿＿＿＿＿＿.

08. 我打電話來是想問有沒有空房。

I'm ＿＿＿＿＿＿ to see if you have a room available.

09. 委員會決定取消罷工。

The committee decided to ＿＿＿＿＿＿ ＿＿＿＿＿＿ ＿＿＿＿＿＿ ＿＿＿＿＿＿.

10. 我們必須取消會議。

We have to ＿＿＿＿＿＿ ＿＿＿＿＿＿ ＿＿＿＿＿＿ ＿＿＿＿＿＿.

[Answers]
1. called off   2. call me   3. called it a day   4. call for help   5. called him names
6. call a taxi   7. call the waiter   8. calling   9. call off the strike   10. call off the meeting

Unit 39

live

活、度日
live - lived - lived

live 是有「活」之意的不及物動詞，後面會加上
副詞或〔介系詞 + 名詞〕，如 in、with、on 等介
系詞。live 是個簡單的動詞，在日常會話中使用
率高，須特別注意。

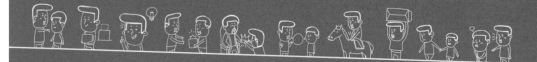

live 活、度日

以〔live + 副詞〕或〔live + 介系詞 + 名詞〕形式出現時，會依照介系詞或副詞的意思來決定生活的形態。

· **live alone**
獨自生活

· **live long**
長壽

· **live away from home**
遠離家鄉

· **live near the school**
住學校附近

· **live together**
同居（尤指婚前異性）

· **live with my family**
和家人們生活

· **live in the past**
活在過去

· **live from hand to mouth**
賺一天活一天（勉強糊口）

Do you **live** alone or **live** with your family?
你自己住還是跟家人住？

It's not easy to **live** away from home.
遠離家鄉生活並不容易。

I usually got up late because I **lived** near the school.
我通常很晚起，因為我住學校附近。

live + 名詞 過著～的生活

live 通常作不及物動詞使用，當使用 live... life，加上 life 的受詞時，可當及物動詞使用。

· **live a rich life**
富裕的生活

· **live a healthy life**
健康的生活

· **live a happy life**
幸福的生活

· **live a long life**
長壽的生活

· **live a double life**
雙重（人格的）生活

I want to **live a rich and comfortable life** in my later years.
我晚年想過著富裕和舒適的生活。

You will never **live a happy life**, if you behave like that.
如果你的行為舉止是那樣，那你永遠不會過著幸福的生活。

03

live in 住在～、度日

live in 有「住在～」之意，in 後面加上住的地方（地名）或
是居住類型（公寓、住宅等）。

 核心表現

- **live in** Seoul
  住在首爾
- **live in** the suburb
  住在城市周圍（郊外）
- **live in** a dormitory
  住在宿舍

- **live in** Korea
  住在韓國
- **live in** the country (countryside)
  住在鄉下
- **live in** an apartment
  住在公寓

 核心例句

I **live in** Seoul with my family.
我和我家人住在首爾。

Do you **live in** an apartment or a house?
你住公寓還是獨立住宅？

04

live on 以（為基礎）～生活

依附某物（on）生活（live）有「靠吃～為生」或「以～生
活」之意。

 核心表現

- **live on** rice
  以米為主食
- **live on** my own
  靠自己生活、自立

- **live on** the rent
  靠租金生活
- **live on** the salary
  靠薪水生活

 核心例句

Koreans **live on** rice.
韓國人以米為主食。

I'm an adult now and I have to **live on** my own.
我已是成人了，必須自立更生。

It's hard to **live on** my salary.
只靠我的薪水很難過活。

★ 請先閱讀以下中文句子後，填入 live 來完成英文句子。

01. 他的薪水勉強供他生活。

He barely manages to _____ _____ his salary.

02. 他住在倫敦五年。

He _____ _____ in London for five years.

03. 想長壽的話，你就得戒菸。

Give up smoking if you want to _____ _____.

04. 我住在公司附近，所以通常都會走路去公司。

I _____ _____ my work, so I usually walk to the office.

05. 他應該活不久了。

He is unlikely to _____ _____ _____.

06. 她度過幸福的生活，並很安詳的去世。

She _____ _____ _____ _____ and died a peaceful death.

07. 我住在首爾近郊，那裡有很多公園。

I _____ _____ a suburb of Seoul, and there are many parks to go to.

08. 他賺一天活一天。

He _____ _____ _____ to mouth.

09. 你最好過收支平衡的生活。

You'd better _____ _____ your budget.

10. 我想過自立生活。

I want to _____ _____ _____ _____.

[Answers]
1. live on   2. has lived   3. live long   4. live near   5. live much longer
6. lived a happy life   7. live in   8. lives from hand   9. live within   10. live on my own

Unit 40

win

贏

win - won - won

有「勝利」、「贏」之意的 win，也被當成「獲得」、「得到」等的不及物動詞或及物動詞來使用。win 有「贏得比賽」的意思；beat 則為「贏過對方或對方隊伍」的意思，兩者須多加注意。

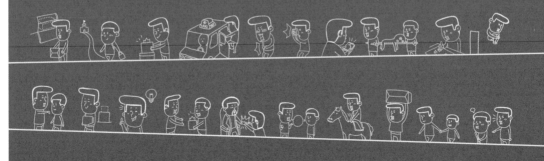

win 贏、勝利

win 後面無受詞，當不及物動詞使用時，有「贏」的意思。

核心
表現

· **win** by three points
贏三分

· **win** by seven votes
贏七票

· **win** by a wide margin
以極大差距獲勝

· **win** by a small margin
以極小差距獲勝

· **win** by a landslide
壓倒性的獲勝

核心
例句

I won by 3 points. You let me win, didn't you?
我贏了三分，是你讓我贏的，對吧？

I am sure we will **win** by a wide margin.
我相信我們會以極大的差距獲勝。

win + 比賽　贏～、勝利

win 後加上 game「比賽」、race「競賽」、contest「競賽」、election「選舉」、battle「戰爭」、bet「打賭」等時，有「贏～」的意思。

核心
表現

· **win the game** by one point
以一分之差贏了比賽

· **win a losing game**
逆轉勝

· **win an election**
贏了選舉

· **win a victory**
獲得勝利

· **win a fight**
贏了打鬥

· **win an argument**
贏了辯論

· **win a bet**
打賭贏了

核心
例句

Our team **won the game** 7 to 4.
我們這隊以七比四贏得比賽。

He **won the election** by a landslide.
他在選舉中以壓倒性的票數贏了。

03

win + 獎 奪～獎、獲得

win 不僅有「獲得獎賞」的意思，也有「得到某人的信任或心」等意思，此時的 win 也可換成 get、take 來使用。

核心表現

· **win the first prize**
  贏得第一名

· **win the Nobel Peace Prize**
  獲得諾貝爾和平獎

· **win the lottery**
  中樂透

· **win her heart**
  得到她的心

· **win support**
  獲得支持

· **win a chance**
  獲得機會

· **win the second prize**
  贏得第二名

· **win a Pulitzer Prize**
  獲得普立茲獎

· **win a gold medal**
  獲得金牌

· **win his trust**
  贏得他的信任

· **win a contract**
  獲得合約

· **win a fair lady**
  得到美人

核心例句

After I did every effort to **win her heart**, I could marry her.
我用盡努力得到她的心後，終於能娶她。

Faint heart never **won a fair lady**. 膽怯是無法抱得美人歸的。

My dream is to **win the Nobel Peace Prize**.
我的夢想是贏得諾貝爾和平獎。

● **自我檢測！**　動動腦，看圖連連看，找出適合的搭配用法！

· · win an election

· · win by three points

[Answers]　　win by three points　　win an election
　　　　　　　贏三分　　　　　　　贏了選舉

308

★ 請先閱讀以下中文句子後，填入 win 來完成英文句子。

01. 我們隊伍在槍戰中獲勝。

Our team _____ in a shoot-out.

02. 他們以一分差距獲勝。

They _____ _____ _____ _____.

03. 主啊，請讓我中樂透吧！

Dear Lord, please _____ _____ _____ the lottery!

04. 誰會在比賽中獲得第一名呢？

Who will _____ _____ _____ _____ in the contest?

05. 他沒辦法從他們當中獲得支持。

He can't _____ _____ from them.

06. 終於，他成功地贏到她的心。

In the end, he succeeded in _____ _____ _____.

07. 有任何辦法能重新贏得他的信賴嗎？

Is there any way to _____ back _____ _____?

08. 我們來打賭棒球比賽哪隊會贏。

Let's bet on who's going to _____ _____ _____ _____.

09. 誰贏了？

Who's _____?

10. 她以一百二十票贏得選舉。

She _____ _____ _____ by just 120 votes.

[Answers]
1. won　**2.** won by one point　**3.** let me win　**4.** win the first prize　**5.** win support
6. winning her heart　**7.** win, his trust　**8.** win the baseball game　**9.** winning
10. won the election

Unit **41**

beat

拍、打、跳動
beat - beat - beat (beaten)

beat 有「拍」、「打」之意，指毆打或揍對方，
也被用來表示「贏、勝過」的意思，此時 beat 的
對象和 win 不同，須以「人」或「隊伍」為受詞，
這點須多加注意。

01

beat 跳動、搖晃、贏

beat 當不及物動詞使用時有「心臟跳動」等意思，若無受詞，則有「贏」的意思。

核心表現

· heart **beats** fast
心跳很快

· hard to **beat**
很難贏過

· **beat** irregularly
不規則跳動

核心例句

Her heart **beat** faster and her blood pressure rose.
她的心跳加快、血壓升高。

He is invincible! He is really hard to **beat**.
他太無敵了！很難贏過他。

02

beat + 人、隊伍
打（人）、拍、勝過（隊伍）

beat 後接人或隊伍等受詞，當及物動詞使用時，有「打某對象」或「贏過」之意。

核心表現

· **beat him** black and blue
把他打到瘀血

· **beat him** to death
把他打到死

· **beat his chest**
打他胸口

· **beat her** in the game
在比賽中勝過她

核心例句

They **beat him** black and blue.
他們把他打到瘀血。

You can **beat her** in the game. You can do it!
你能在比賽中贏過她，你可以的！

03

beat + 受詞　戰勝、克服、繞開

beat 有「贏」之意，另有「戰勝」、「克服」、「繞開（困難等）」意思。

核心表現

· **beat traffic (jam)**
  繞開交通阻塞

· **beat the rain**
  避雨

· **beat the heat**
  克服炎熱

· **beat the crowd**
  躲開混亂、繞開人群

· **beat the blues**
  戰勝憂鬱

· **beat around the bush**
  說話拐彎抹角

核心例句

We should leave earlier to **beat the traffic**.
我們應該提早出發，避開交通阻塞。

Don't **beat around the bush**. Get to the point.
不要拐彎抹角，直接說重點。

● **自我檢測！**　動動腦，看圖連連看，找出適合的搭配用法！

· beat his face

· heart beats fast

[Answers]	heart beats fast	beat his face
	心跳很快	打他的臉

312

★ 請先閱讀以下中文句子後，填入 beat 來完成英文句子。

01. 我確定他們能贏過其他隊伍。

I am sure they will _____ all the other teams.

02. 如果不想淋雨的話，現在就出發吧。

If you want to _____ _____ _____, leave now.

03. 我需要清涼的東西來消散暑氣。

I need something cold to _____ _____ _____.

04. 當我看到她時，我的心跳會加快。

When I saw her, my heart started to _____ _____.

05. 電腦相關的事情，沒人比我更厲害。

Nobody _____ _____ when it comes to a computer.

06. 如果一對一的話，我能贏過他。

I can _____ _____ in one-on-one.

07. 他因毆打他老婆而被逮捕。

He was arrested for _____ _____ _____.

08. 我的心因快樂而快速跳動。

My heart _____ _____ with joy.

09. 說話不要拐彎抹角，告訴我實話。

Don't _____ _____ _____ _____. Just tell me the truth.

10. 我西洋棋贏過他了。

I _____ _____ at chess.

[Answers]
1. beat **2.** beat the rain **3.** beat the heat **4.** beat fast **5.** beats me **6.** beat him
7. beating his wife **8.** beat fast **9.** beat around the bush **10.** beat him

Unit **42**

lose

失去、輸
lose - lost - lost

lose 為 win 的反義詞。lose 有「失去」、「輸」之
意，不只用在比賽上，也有失去或喪失自己所擁有
的某個對象，除了物質以外，也可運用在精神上。

lose + 事物　弄丟～

lose 後加事物時，有「弄丟」、「喪失」之意。

 核心表現

- **lose my job**
  失去工作
- **lose face**
  丟臉
- **lose 10 kilograms**
  減十公斤

- **lose my passport**
  遺失護照
- **lose money**
  掉錢、受損
- **lose touch**
  失去聯絡

- **lose hair**
  掉頭髮
- **lose weight**
  減重

 核心例句

I'm worried about **losing my hair**.
一直掉頭髮讓我很擔心。

I've lost weight. I **lost 3 kilograms**.
我瘦了，我減了三公斤。

lose + 比賽等　輸掉比賽等

lose 後加比賽、打賭或戰爭等名詞，有「失去、輸掉比賽」，也就是「輸」的意思。

 核心表現

- **lose a battle**
  戰鬥輸了
- **lose an election**
  選舉輸了

- **lose a game**
  比賽輸了
- **lose a bet**
  打賭輸了

 核心例句

We **lost the game** 3 to 5.
我們以三比五輸了比賽。

They are likely to **lose this general election**.
他們這次大選應該會輸。

03 lose + 性格等　失去～、喪失～

lose 後加表示性格、脾氣的名詞、食慾等的需求或其他名詞時，有「失去性格或理性」等意思。

核心表現

· **lose his cool**
失去冷靜、興奮

· **lose the sense of time**
失去時間觀念

· **lose her temper**
她發脾氣

· **lose my appetite**
失去食慾

核心例句

After he saw it, he **lost his cool**.
他看到後，失去理性。

She **lost her temper** for nothing.
她無緣無故發脾氣。

I've **lost my appetite**. I don't feel like eating anything.
我失去食慾，一點都不想吃東西。

You seem to have **lost the sense of time**.
看來你沒有什麼時間觀念。

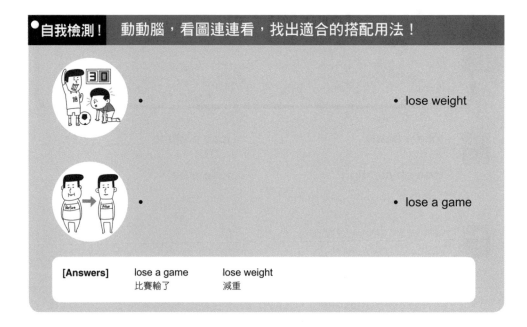

●自我檢測！　動動腦，看圖連連看，找出適合的搭配用法！

· lose weight

· lose a game

[Answers]　lose a game　　lose weight
　　　　　　比賽輸了　　　　減重

316

★ 請先閱讀以下中文句子後，填入 lose 來完成英文句子。

01. 看完那電影後，我一點食慾都沒有。

After I saw the movie, I _____ _____ _____.

02. 我們打得很好但最後還是輸了比賽。

We played well but we _____ _____ _____ in the end.

03. 我和他失去聯絡。

I've _____ _____ with him.

04. 沒有時間可浪費。

There is no _____ _____ _____.

05. 我對我的工作失去興趣。

I _____ _____ in my job.

06. 我想我迷路了。

I think _____ _____.

07. 沒有什麼好失去的。

There's nothing _____ _____.

08. 旅行時我的護照掉了。

I _____ _____ _____ during my trip.

09. 她減肥並瘦了十公斤。

She went on a diet and _____ _____ _____.

10. 我失聲了。

I _____ _____ _____.

[Answers]
1. lost my appetite　**2.** lost the game　**3.** lost touch　**4.** time to lose　**5.** lost interest
6. I'm lost　**7.** to lose　**8.** lost my passport　**9.** lost 10 kilograms　**10.** lost my voice

國家圖書館出版品預行編目（CIP）資料

用英文動詞和外國人聊不完 / 朴鍾遠 著.陳馨
祈 譯. - 二版. -- 臺北市：易富文化, 2017.03
　面；　公分
ISBN 978-986-407-069-5（平裝附光碟片）

1. 英語 2. 動詞
805.165　　　　　　　　　106002227

用英文動詞
和外國人聊不完

書名 / 用英文動詞和外國人聊不完
作者 / 朴鍾遠
譯者 / 陳馨祈
發行人 / 蔣敬祖
專案副總經理 / 廖晏婕
副總編輯 / 劉俐伶
主編 / 古金妮
執行編輯 / 吳紹瑜
視覺指導 / 黃馨儀
美術設計 / 李宜璟
內文排版 / 健呈電腦排版股份有限公司
法律顧問 / 北辰著作權事務所蕭雄淋律師
印製 / 金濱印刷事業有限公司
初版 / 2014年11月
二版一刷 / 2017年3月
出版單位 / 我識出版集團─懶鬼子英日語
電話 / （02）2345-7222
傳真 / （02）2345-5758
地址 / 台北市忠孝東路五段372巷27弄78之1號1樓
郵政劃撥 / 19793190
戶名 / 我識出版社
網址 / www.17buy.com.tw
E-mail / iam.group@17buy.com.tw
facebook網址 / www.facebook.com/ImPublishing
定價 / 新台幣 299 元 / 港幣 100 元（附光碟）
영어는 동사가 먼저다　Copyright © 2012 by PARK JONG-WON / 朴鍾遠
Original Korea edition published by HYEJIWON Publishing Co., Ltd
Taiwan translation rights arranged with HYEJIWON Publishing Co., Ltd
Through M.J Agency, in Taipei
Taiwan translation rights © 2017 by iF Culture Publishing

總經銷 / 我識出版社有限公司業務部
地址 / 新北市汐止區新台五路一段114號12樓
電話 / (02) 2696-1357　傳真 / (02) 2696-1359

地區經銷 / 易可數位行銷股份有限公司
地址 / 新北市新店區寶橋路235巷6弄3號5樓

港澳總經銷 / 和平圖書有限公司
地址 / 香港柴灣嘉業街12號百樂門大廈17樓
電話 / (852) 2804-6687　傳真 / (852) 2804-6409

2011 不求人文化

2009 懶鬼子英日語

I'm 我識出版集團
I'm Publishing Group
www.17buy.com.tw

2006 意識文化

2005 易富文化

2004 我識地球村

2001 我識出版社

2011 不求人文化

2009 懶鬼子英日語

I'm 我識出版集團
I'm Publishing Group
www.17buy.com.tw

2006 意識文化

2005 易富文化

2004 我識地球村

2001 我識出版社